書下ろし

さきのよびと

ぶらり笙《しょう》太《た》郎《ろう》江戸綴《つづ》り

いずみ光

祥伝社文庫

目次

至千住宿
谷中
根岸
新吉原
浅草広小路「尾張屋」
向島
根津権現
不忍池
浅草
浅草奥山
吾妻橋
浅草田原町「藤屋」
小石川
大川(隅田川)
本所緑町浅村藩江戸屋敷
神田明神
柳橋
神田川
竪川
両国橋
新大橋
小名木川
仙台堀
竹川岸
八丁堀
永代橋
深川
三十間堀
尾張町
深川冬木町「くらがり長屋」
芝口橋

「さきのよびと」の舞台

浜町堀界隈
柳原通り
和泉橋
馬喰町
両国広小路
小伝馬町
牢屋敷
日本橋新和泉町「加賀屋」
千鳥橋
薬研堀
元柳橋
東堀留川
浜町堀
浜町秋草藩江戸屋敷
一石橋
日本橋
江戸橋
小網稲荷
北新堀「月蔵」
市谷左内坂誠心寺
表四番町若生家
江戸城
芝神明「呂宋堂」
三田阿波蜂須賀家中屋敷
麻布
増上寺
北
西
東
南

序章　雪簾《ゆきすだれ》

夜来の氷雨《ひさめ》は夜が明けても止《や》まず、小伝馬町《こでんまちよう》の牢屋敷は青白く煙《けぶ》り、仄暗《ほのぐら》い闇と雨音に包まれていた。

牢屋敷の周囲に巡らされた堀の水が溢《あふ》れ、時折、横殴りの強い風が吹いて水面《みなも》を波立たせ、水煙を巻き上げる。

師走《しわす》半ばの明《あけ》六つ（午前六時頃）――

蓑笠《みのかさ》を着けた武士が二人やって来て、表門の前に静かに佇《たたず》んだ。

ほどなく屋敷内の石畳を通って、同じく蓑笠を着けた町方同心が、縄付きの浪人と、浪人の縄を取る小者を従えて出て来た。

町方同心は二人の武士に頭を下げ、短く言葉を交わした。

右足を引き摺《ず》る浪人の髷《まげ》は乱れ、髭《ひげ》は伸び放題、黒い着物と袴《はかま》は埃《ほこり》と垢《あか》に塗《まみ》れ、くすんでいる。

風に煽《あお》られ、表門の屋根の庇《ひさし》を伝って、滝のような雨が浪人の上に落ちて来た。

浪人は口を歪《ゆが》めて雨空を睨《にら》むと、町方同心がその背を小突いた。

一行は千住宿《せんじゆしゆく》を目指して、泥濘《ぬかる》んだ道を馬喰町《ばくろちよう》の方角に歩き出した。

この日、浪人は千住宿から江戸を追われるのだ。

――奴の差し金に違いない。

浪人は憎々しげに背後を睨んだ。

後ろから無言で従《つ》いてくる二人の武士は徒目付《かちめつけ》だった。

浪人の江戸追放に徒目付が同行するのは異例だが、実はこの浪人、元は旗本である。従って、捕らえられた時は揚座敷《あがりざしき》に入れられた。評定所での裁きはすぐに下り、改易《かいえき》に処せられた。

裁きを言い渡された時、浪人は開き直った薄笑いを浮かべた。改易ならば旗本の身分は失うが家財道具は没収されず、江戸にも留《とど》まれるからだ。

浪人は江戸の地での巻き返しを誓った。

ところが、その思惑は外れた。余罪の詮議《せんぎ》をすると告げられ、町人らと同じ大牢に移されたのである。すでに身分は浪人だからだ。大牢には、畳一畳あたりに数人という多くの未決囚が入れられており、ゆっくり眠ることも叶わなかった。余罪とされた件は、逐一、吟味《ぎんみ》を受け、吟味は一月《ひとつき》以上にも亘《わた》った。繰り返される執拗《しつよう》な詮議と陽当たりの悪い牢に押し込められた結果、膝《ひざ》の節は強張《こわば》り、激痛に見舞われた。

――これが元旗本に対する仕打ちか。

浪人は、己《おのれ》を断罪した男への憎しみを募《つの》らせた。

そして、余罪の詮議により、追放の刑が加えられた。

いつ止むともわからぬほどの激しい雨に見舞われて、浪人の身体からは温《ぬく》もりが奪われた。

追い討ちをかけるように、千住に近づく頃、氷雨は雪に変わった。

雪の道に点々と血の跡が付いた。それは浪人の足の裏から流れ出た血だった。浅草《あさくさ》を過ぎた辺りで浪人の片方の草鞋《わらじ》の紐が切れて脱げた。だが、役人はその草鞋を拾うことも新たに購《あがな》うことも許さなかった。

浪人は片足が裸足《はだし》のまま歩き続けた。

裸足の足からは、冷たさや痛みの感覚はとうの昔に失われ、痺《しび》れに似た感覚さえなくなっていた。まるで腰から棒を引き摺っているとしか思えなかった。足の裏をいつ切ったのか、どうして切ったのか、まったく憶えがない。

白い雪の上に点々と付く鮮血の跡を見て初めて、痛みを覚えるような錯覚に陥《おちい》った。

一行は千住宿に入った。宿場の者や街道を行き来する者らが、お縄の浪人を一瞥《いちべつ》しながら通り過ぎて行く。

この宿場を抜けた先が、大川《おおかわ》に架かる長さ六十六間（約一二〇メートル）の千住大橋《せんじゆおおはし》である。

浪人は千住大橋の手前で、縄を解かれた。

町方同心から、御構場所《おかまいばしょ》に立ち入らぬこと、何《いず》れの土地でも二度と不届きな振る舞いを致すなと説教された後、肩を小突かれて、橋を渡り始めた。

——いよいよ江戸とおさらばか。

降りしきる雪がさらに勢いを増した。橋の半ばで足を止めて振り返ると、役人らの姿は灰色の影にしか見えない。

やがて、雪簾《ゆきすだれ》が江戸の町を閉ざした。

——俺は必ず江戸に戻る。再び江戸の土を踏んだその暁には、奴を奈落の底に突き落とす。

浪人の姿は舞い上がる地吹雪《じふぶき》に包まれて、消えた。

第一章　鴨汁の君

一

役宅の入口の戸が開いた。

中から白木綿《しろもめん》の単衣《ひとえ》に明るい藍《あい》色の袴《はかま》という出で立《いでた》ちの若侍が、袴の裾《すそ》を軽やかに翻《ひるがえ》し、きびきびとその姿を現わした。若侍が足を踏み出した時、涼風が吹き渡り、まるでその若侍が風を引き連れてきたかのようだ。

若侍は玉砂利《たまじゃり》の敷き詰められた中庭を、ざくざくと、軽快な音を奏でて歩き出した。水無月《みなづき》の目映《まばゆ》い日射しに白く光る広い中庭の真ん中で、ふと、その足を止めて空を見上げると、涼やかな双眸《そうぼう》を細め、柔《やわ》らかな表情を浮かべた。

「叶《かのう》殿、笙太郎《しょうたろう》殿」

若侍に呼びかける声がした。

目を戻すと、着物の前を合わせながら三十路《みそじ》過ぎの女が駆《か》けて来る。

「杉乃《すぎの》殿、左様《さよう》に走らずとも、杉乃殿」

笙太郎は手を前に差し出して、なだめるような仕草を繰り返した。

「かような所で何をなされておいでじゃ。姫が、首を長《なご》うしてお待ち兼ねでござ
いまするぞ」

息を弾《はず》ませて駆けてきた女は、姫君の御側近く仕える乳母《めのと》の杉乃である。

「杉乃殿、ほれ、ご覧なさいませ」

笙太郎が、そっと中空を指差した。

番《つがい》の蝶《ちょう》が身を連ねて舞っている。

「これから交尾をするのでございましょう」

「か、叶殿、左様なことは決して、決して姫の前で口になされてはなりませぬ
ぞ」

杉乃が慌てた。

「命の営《いとな》みでございます」

笙太郎がにっこりと笑いかけると、

「叶殿」

杉乃の目が吊《つ》り上がった。

「ささ、参りましょう、姫君がお待ち兼ねでございます」

呆気《あっけ》にとられる杉乃を尻目に、姫君の住まう棟へと歩みを進めた。

建物の端にある台所の前を通る時、窓の桟《さん》の隙間から中年の賄《まかな》いの女中が会釈《えしゃく》するのが見えた。

「か・え・り・に・よ・る」

杉乃に悟られぬよう、口許《くちもと》に手を当て、口の形だけでそう伝えて笑った。

ここは、東海《とうかい》の穏やかな海と温暖な気候に恵まれた小藩、秋草小城《あきくさおぎ》家一万二千石の江戸屋敷である。屋敷は浜町《はまちょう》にあり、その敷地はおよそ二千坪で、一万石級の大名屋敷としては平均的な広さである。長屋門に近い建物が政《まつりごと》を司る藩庁で、その奥に藩主の私邸が連なっている。

叶笙太郎は二十四歳、この江戸屋敷で勝手方を務める家禄四十石の下級武士である。

警固の武士の立つ中門をくぐり抜けると、ここからが姫君の住まう棟である。築山《つきやま》が作られ、前栽《せんざい》が瑞々《みずみず》しい庭先に片膝を突いた時、石町《こくちょう》の四つ（午前十時頃）を告げる時の鐘が聞こえ、ほぼ時を同じくして、太鼓掛の打ち鳴らす大太鼓の音が藩邸内に響き渡った。

「叶笙太郎、参上致しました」

「玉砂利の音で笙太郎だと、すぐにわかります。ささ、上がってください」

部屋の中から幼い姫君の声が聞こえた。

「ははっ」

笙太郎は膝の辺りを払い、階《きざはし》から濡《ぬ》れ縁《えん》に上がると、一度膝を折った。杉乃の目配せを受けて、畳の上に上がった。

「厚姫《あつひめ》様にはご機嫌麗《うるわ》しく祝着《しゅうちゃく》至極《しごく》に存じ上げ奉《たてまつ》りまする」

笙太郎は改めて挨拶をした。

「笙太郎の足音はまるで海のさざ波のようです」

幼い姫君が、利発そうな涼やかな笑みを向けた。

藩主智賢《ともたか》の初めての息女で八歳になる厚姫である。質素倹約を宗《むね》とする藩主の意向に添い、身に纏《まと》う衣裳は決して華美ではないが、季節に相応《ふさわ》しい風合いで気品がある。

年齢のわりには声が大人びており、澄んだ眼差《まなざ》しと顔の表情があまりにも豊かなので、声が遅れて聴こえるような錯覚さえ覚える。それほどに、眼や口許が物を言う姫君なのである。

「はて、姫様は、いつ海をご覧遊ばされたのでございましょうか」

笙太郎が敢《あ》えて訝《いぶか》しげに問いかけた。この江戸屋敷で生まれ育った厚姫が国許の海を知るはずもないのである。

「見たことはありません。でも、母上様から幾度となく国許の海のお話をお伺いして、あれこれ思い描いているのです」

厚姫は遠くを見る目をした。

実は、笙太郎もまた、国許の海は見たことがない。

何故《なぜ》ならば、叶家は、秋草藩の国許である東海の出身ではなく、江戸で雇われた家臣の家柄なのである。それ故《ゆえ》、国許の土を踏んだことは一度もなく、無論、参覲交代の経験もない。殿のお供をしてきた者らの土産《みやげ》話を聞いて国許の山河やご城下の町並みを思い描くばかりである。

「殿が国許にお戻りあそばされて、お寂しゅうございましょう」

笙太郎が労《いたわ》った。

秋草小城家は小藩ながら譜代で、当主の小城大和守《やまとのかみ》智賢は、今六月朔日《ついたち》、参覲を終え、交代で国許に戻った。

「いいえ」

厚姫は気丈に答えた。

「さあ、笙太郎、早《はよ》う続きを読んでくださいい」

その言葉より先に厚姫の目と表情がうずうずしていた。

「畏《かしこ》まりました」

笙太郎は懐《ふところ》から古びた綴《つづ》りを取り出した。それは美濃《みの》紙を綴《と》じた手作りの冊子で、大きさは横半帳（縦およそ五寸、横およそ七寸）である。

その綴りは日記である。日記といってもただの日記ではない。笙太郎の道楽は町歩きで、その日訪れた神社仏閣の呼称や由緒《ゆいしょ》、食した物やその値段、見聞きした事柄などを、挿絵なども添えて書き記してある。その日記がすでに十年分も貯まっていた。

そうした笙太郎の道楽を誰が厚姫のお耳に入れたのか、いつしか御役目が非番の日は、姫の退屈しのぎに日記を読み聞かせるようになったのである。

「厚姫様が五つになられた年の二月からでございましたな」

笙太郎は、ふと、頁を繰る手を止めた。よく磨《みが》かれた廊下に映り込んだ淡い影を目の端に捉《とら》えたからである。

庭の表に目を向けると、番の蝶が舞っている。

「姫様、ご覧なさいませ、蝶が仲良う連のうておりまする」

「か、叶殿」

杉乃が慌てて腰を浮かした。

「来年も、姫様のような可愛い蝶の子が生まれますぞ」

「蝶の赤ちゃんか」

「左様にござります。来年、無事に生まれてこの庭に飛んで参りましたら、お声をかけてやってくだされ」

「楽しみですね」

厚姫が優しげに頷《うなず》いた。

「まことに楽しみにござりまする」

浮かしかけた腰を、力が抜けたように落とした杉乃に笑いかけた。

笙太郎は背筋を伸ばし、明るく声を張って、朗々《ろうろう》と日記を読み始めた。

厚姫は想像を巡らせるような表情を浮かべたり、時に微笑《ほほえ》み、時に頷き、時に大きく目を見開いて強い興味を示すなど、その表情はきわめて豊かに変化した。

三年前のこの日の日記の末尾には、千住大橋を渡って来る十名近い旅装の女たちの様子を書き記していた。

歳は十から十二、三であろうか。江戸の町を目にしてはしゃぐ者あり、心を昂《たかぶ》らせて顔を紅潮させる者あり、思わず立ち竦《すく》む者あり、実に様々なり——そう記していた。


その頁には、若い娘の顔も描かれている。

「絵が描いてありますね」

杉乃が目敏《めざと》くみつけた。

「どれ、見たい」

厚姫に所望されて、頁を開いたまま、綴りを杉乃に手渡した。

「笙太郎は絵が上手ですね」

綴りを見て、厚姫が微笑みかけた。

「左様でございましょうか。私には、とんと、絵心がないように思えますが」

「笙太郎は絵師に生まれればよかったですね」

「過分な仰《おお》せでございまする」

笙太郎は照れて頭に手をやった。

「わらわとそれほど歳も離れていないようですが、この者らは江戸に物見遊山《ものみゆさん》で参ったのですか？」

「いいえ、北国から親元を離れて奉公に出て参ったのでございましょう。何《いず》れかの商家に住み込んで働くのでございます」

「そうなのか」

厚姫はわずかに顔を曇らせると、今一度綴りに目を落とした。

「その折り鶴は何ですか?」

綴りを返しながら厚姫が問いかけた。

日記には、目許に泣きぼくろがある娘の顔の横に折り鶴が描かれていた。

記憶を辿《たど》るうちに、朧《おぼろ》げながら思い出した。

「この泣きぼくろのある娘の着物が折り鶴の柄でございました」

筆太郎の耳許に、娘らの華やいだ笑い声が甦《よみがえ》った。

「お疲れさまでした。叶様、すぐに熱いお茶を淹《い》れますからね」

筆太郎が台所の土間に飛び込むと、賄いの女たちの元気な声が迎えてくれた。

厚姫に日記を読み聞かせた帰りはいつもここに寄って茶を馳走《ちそう》になるのが決まりになった。

いそいそと板の間に腰を下ろし、出された香ばしい香りと湯気の立つ番茶を一《ひと》啜《すす》りした。

「ここの茶はとびきり美味《うま》い。甘露《かんろ》、甘露」

「また、甘露甘露が出たよ」

賄いの女中の一人が笑った。

「茶を服せば甘露、甘露。湯船に浸かれば極楽、極楽であろう。なあ、私は無事に極楽に行けるだろうかの」

「叶様ったら、お若いのに縁起でもない。けど、叶様だったら」

別の女が右の拳で左の掌《てのひら》に判をつく仕草をして、笑った。

「伊三《いぞう》、伊三はおらぬか、伊三はいずこじゃ」

忙しく廊下を踏み鳴らして、奥から年輩の用人、畑中孫兵衛《はたなかまごべえ》が顔を覗かせた。

「へい、御用人様、伊三はここにおります」

表で煙管《きせる》を吹かしていたのだろう、雁首《がんくび》を叩く音がして、身の丈が六尺（約一八〇センチ）を超す陸尺半纏《ろくしゃくばんてん》の男前がきびきびと土間に入って来て頭を下げた。

お抱えの陸尺の伊三である。

「三次《さんじ》はつかまったか」

「へえ、まもなくこちらに」

「間違いあるまいの」

孫兵衛が繰り返し念を押した。

「御方様のお出かけじゃと申すのに、お駕籠《かご》を担《かつ》ぐ者がおらぬなど、前代未聞。もしものことがあれば、この畑中孫兵衛、皺腹《しわばら》掻《か》っ捌《さば》いてお詫《わ》びを致さねばならぬ」

「御用人様、お手当は三次の言い分通りでお願い致します」

「足許を見て吹っかけおって。盗人《ぬすっと》に追い銭とはこのことじゃ」

苦々しげに吐き捨てて、奥に引き返そうとした孫兵衛の足が止まった。

「笙太郎、その方、勝手方であったな。あとで横見《よこみ》の許に参る。口入屋《くちいれや》に言って急ぎ陸尺を五人雇わねばならぬ。緊急の物入りじゃ、勝手方にも融通を利かしてもらわねばの」

孫兵衛はじろりと意味有りげな目を向けて奥に消えた。

いま名前の出た横見は、笙太郎の上役の勝手方番頭、横見四郎兵衛《しろべえ》のことであり、三次は、つい一昨日《おととい》まで伊三と同じく屋敷のお抱えとして働いていた陸尺の一人である。

「今日は何とか凌《しの》いでも、これから人集めに苦労するな、伊三」

「へい、御用人様が慌てるのも無理はありません」

この江戸屋敷では六人の陸尺を抱えていた。多くの屋敷では雇いが当たり前の昨今、秋草藩では、永年に亘《わた》り、陸尺をお抱え、つまり常雇いしていた。

ところが、一昨日、ここにいる伊三を除いた五人が揃《そろ》って辞めてしまったのである。

今日は昼から御方様が菩提寺《ぼだいじ》に参詣するのだが、お駕籠を担ぐ陸尺がおらず、一昨日まで雇っていた三次を、一日だけお勤めするようにと破格のお手当で伊三が口説いてきたのである。

「お屋敷を辞めて一番稼げるのは、伊三、お前だと思うがな」

笙太郎が伊三に微笑みかけると、賄いの女たちが声を揃えて同意した。

陸尺は背が高い者ほど賃金が良いのである。

上大座配と呼ばれる五尺八寸以上の者の日給は銀十匁《もんめ》（銭千文）ほど、五尺五寸五分以下の者は平人《ひらにん》陸尺と呼ばれて日給は銀二匁半ほどである。すなわち、上大座配と平人陸尺とでは四倍も口給が違ったのである。

加えて、顔がいい男はさらに賃金が上積みされた。

つまり、伊三のように男前で、六尺を超す上背《うわぜい》の陸尺は、大名旗本からも高い給金で引く手数多《あまた》だったのである。

まして昨今は陸尺が人手不足、見映えのいい男らは少しでも給金のいいお屋敷へと渡り歩いていた。

「いいえ、とんでもありやせん」

伊三は首を横に振ると、欲のない口振りで続けた。

「あっしは、お抱えで毎年決まったお給金を頂戴《ちょうだい》できるほうがありがてえんで。それより何より、あっしは、この秋草のお屋敷が大好きなんでさ」

「伊三の今の言葉を、ご主君や御方様がお耳になされば、さぞやお喜びになられることであろう」

筌太郎は茶を飲み干すと、賄いの女中たちに礼を言って、役宅に戻った。

江戸参勤で国許から出府した家臣らは藩邸内のお長屋に住まい、いわゆる勤番武士と呼ばれる。

一方、叶家を始めとする江戸で雇われた家臣には、お長屋ではなく、同じ藩邸内に個々の役宅が与えられていた。その役宅に、二年前に隠居した、書画骨董《こっとう》の蒐集《しゅうしゅう》が道楽の父久右衛門《きゅうえもん》、おっとりとした気質の母多恵《たえ》、そして下女のお静《しず》の四人で暮らしている。

笙太郎は好きな下駄《げた》に履き替え、刺子《さしこ》の入った藍染《あいで》めの信玄袋《しんげんぶくろ》を手にして長屋門をくぐった。一歩表に出ると気分はすこぶる晴れやかだ。

さて、今日は何処《どこ》を歩こうか。門前で軽く片足を振り上げ、下駄を飛ばした。落ちた下駄の先は北を向いていた。行く先が決まった。

二

根津権現《ねづごんげん》を散策して谷中《やなか》に向かう寺町を歩いていた笙太郎は、通り雨に遭《あ》い、木立の間に見え隠れする裳階《もこし》を目指して駆けた。飛び込んだ古びたお堂は護摩堂《ごまどう》で、廃寺の一画に、忘れられたように佇《たたず》んでいた。

笙太郎は袖の雫《しずく》を払って濡れ縁に腰かけると、信玄袋から取り出した渋扇《しぶせん》で胸許に風を送りながら灰黒色の雨雲に覆われた空を恨めしく見上げた。

この空模様では雨は当分止《や》みそうになく、ここは慌てず騒がず、腰を落ち着けるのが最善の策と判断した。

心が決まれば、為すべきことは自《おの》ずと決まる。日記である。

笙太郎は懐から綴りを、信玄袋から矢立てを取り出した。

あちこち町を歩いた後は、常ならば水茶屋に入り、香り高い茶と団子《だんご》で一休みしながら一日を振り返り、日記を書き綴《つづ》るのを日課としていた。

今日一日の町歩きの喜びを逃がさぬように、手で掬《すく》った水が零《こぼ》れぬよう、すぐに日記を書きたくなるのである。

一心に筆を進めていた笙太郎は、ふと、手を止めて耳を澄ました。

石畳を小刻みに踏み鳴らす軽やかな下駄の音が近づいた。

「すみません、お邪魔します」

耳触《みみざわ》りのいい声がして、若い娘が庇《ひさし》の下に飛び込む気配がした。

「どうぞどうぞ、みんなの護摩堂ですから」

笙太郎が笑みを向けると、娘は小さく笑って会釈をした。

まだ若い武家の娘で、胸に風呂敷包みを抱えていた。

娘は袂《たもと》から手拭いを取り出すと、立ったままで雨の雫を払い始めた。手拭いと風呂敷包みを持ち替え持ち替えしながら、雨の雫を払うと、濡れ縁に腰を掛けた。

笙太郎はそんな娘の仕草を横目で見ていたが、再び、日記に筆を走らせた。

「止まない雨はないいんだから。案じるより鴨汁《かもじる》。そうよね」

話しかけられたのかと思い、筆を止めて娘に目を向けた。

すると、天を仰いでいた娘が笙太郎の視線に気づいて、

「すみません、こちらのことです……」

と、慌てたように黒目がちの大きな瞳を伏せ、恥ずかしそうに肩をすくめた。

その可愛い声が心地よく笙太郎の耳をくすぐり、耳から胸に沁《し》み込むように響いた。

笙太郎は何より女の声に心惹《こころひ》かれるのだ。

何かの時に、ある尼寺《あまでら》の庵主《あんしゅ》にそんな話をした時、

『その人の声に恋するのは、古《いにしえ》よりもっとも艶《あで》やかな恋心と言われますね』

と、その妙齢の庵主から言われた。

ふと、そんなことを思い出しながら、今一度娘の声を聞きたいと思った時、

「日記ですか」

と、声をかけられた。

「ご覧になりますか」

笙太郎は渡りに舟とばかりに娘の顔を真《ま》っ直《す》ぐに見た。

際立った特徴はないが、均整のとれた顔立ちである。身形《みなり》は質素で地味、何れ

かの家中の下級武士か御家人か、いずれにしても叶家と似たような家格家柄の子女と思われた。

「いえ、結構です」

娘は申し訳なさそうに小さな声で遠慮した。

「そうですよね、他人《ひと》の日記なんて、大して面白いものではありませんよね」

笙太郎は笑って取り繕《つくろ》った。

「すみません」

「町を歩いてその日に訪れた社寺や名所、食べた物や購《あがな》った物の値段、目にした事柄、耳にした話などをしたためているのですが……」

笙太郎は滑《なめ》らかに説明した。

「町歩きの日記なのですか」

いくらか興味を持った表情に変わった。

「筆まめなのですね」

「好きこそ物の何とかって言いますから。それでも、もう十年になりますか」

円《まる》くなった娘の瞳が「十年も」と驚いている。

「毎日、ですか」

やや呆《あき》れたような娘の声が続いた。

「日記は私が今日生きた証《あかし》かも知れません……少し大袈裟《おおげさ》ですが」

自慢する気はなかったのだが、娘が心底珍しいものを見るような顔をするので、つい、つられて喋《しゃべ》ってしまった。

「では、とても大事なものなのですね」

「はい」

「いい道楽ですね」

「そうでしょうか」

笙太郎は笑みを向けた。

町歩きが好きなのだと言うと、大抵、「いい道楽ですね」という言葉が返る。

その場合の「いい」は、「良い」という意味合いではなく、「いいご身分ですね」とか「太平楽《たいへいらく》ですね」といった、些《いささ》か侮蔑《ぶべつ》的な響きを含んでいる場合が多い。

だが、隣の娘の「いい」には素直に「羨《うらや》ましい」という意味合いが滲《にじ》んでいて、悪い感じは受けなかった。

娘はそれっきり言葉を口にせず、天を仰いでいた。

笙太郎が町歩きを始めたのは十四の時だった。町道場の帰りに、剣友に誘われて吉原《よしわら》の花魁《おいらん》道中を見物に出かけたのが切っ掛けだった。それまでの役宅と道場を行き来するばかりの日常が一変した。だからと言って吉原通いに目覚めたというわけではなく、すっかり町歩きの魅力の虜《とりこ》になってしまったのだ。

この頃、江戸では物見遊山が人気を呼んでいるが、笙太郎は十年以上も前から町歩きの愉《たの》しさに着目したのだと、独《ひと》り、自負している。

江《え》ノ島《しま》や成田山《なりたさん》、箱根《はこね》の湯治場や、相州《そうしゅう》雨降山大山寺《あぶりさんおおやまでら》への大山詣《もうで》などの泊まりがけの旅も人気で、笙太郎もいつかは日本国中を歩いてみたいものと念願していた。

雲が切れて、雨が小降りになった。

「そらご覧なさいってば」

娘はまた勝気を含んだ独り言を口にすると、膝の上に置いた風呂敷包みを胸に抱え、弾みをつけるようにして立ち上がった。

「お邪魔致しました」

と、ぺこりと頭を下げて、駆けて来た石畳の道とは反対の、木立の間を縫《ぬ》うように伸びる細道を小走りに駆け去った。

「そらご覧なさいってば、か……」

心の中にあった憂《うれ》いを雨が洗い流してくれたかのように、心楽しげに鳴る娘の下駄の音は、いつまでも心地よく笙太郎の耳に響いていた。


新吉原で、登楼する気のない勤番武士や町人らに混じって張見世《はりみせ》をひやかし、燈灯《ひとも》し頃から始まる花魁道中を見物しての帰り、笙太郎は浅草奥山《おくやま》に立ち寄り、露天《ろてん》の夜店の賑《にぎ》わいを眺め歩いていた。

「よしてくださいな、旦那《だんな》、恥ずかしい」

嫌がる女の声が耳に入った。

見ると、酔っているのか足許の覚束《おぼつか》ない武士が、芸者を抱き寄せながらこちらに向かって来た。

細身で長身、頬《ほお》がこけ、眼光の鋭いその武士は、その立派な身形から、上級の旗本か何れか身分のある武士と見えた。

年配の武士が少し腰を屈めるようにして夜店を覗き込んだ時、女を連れた身形のいい武士がよろめきながら通り過ぎた。

かちっと、鞘《さや》が鳴った。

「貴様、鞘を当てたな」

身形のいい武士が、酔って据わった眼を年配の武士に向けた。

「これは、とんだご無礼を。平にご容赦くだされ」

年配の武士が恐縮したように腰を低くした。

「武士が鞘当てをしておいて、すまぬの一言で済むと思っておるのか」

「幾重《いくえ》にもお詫び申し上げる」

「わしは直参《じきさん》旗本千五百石、若生影次郎《わこうえいじろう》だ。貴様の姓名を聞こう」

「これはお見逸《みそ》れ致しました、拙者《せっしゃ》は高遠内藤《たかとおないとう》家家臣、是枝秀一郎《これえだしゅういちろう》と申す者でござる」

「高遠の田舎侍《いなかざむらい》が鞘当てとは無礼千万」

「何卒《なにとぞ》お許しのほどを」

是枝と名乗った年配の武士は、田舎侍などという侮蔑的な言葉にも顔色一つ変えずに頭を下げた。

「許して欲しいか。よし、なれば、そこに土下座致せ」

「土下座ですと」

それまで低姿勢だった是枝が色を為した。

影次郎の方だと。

だが、笙太郎ははっきりと見ていた。鞘を当てたのは芸者といちゃついていた
影次郎が凄《すご》んだ。

「何だその顔は」

その時である。

「ご家老、如何《いかが》なされましたか」

大きな声がして、同じ家中と思《おぼ》しき体格のいい武士が三人、現われた。

「うむ、こちらのお旗本が土下座をしろと申して聞かぬのだ」

家老と呼ばれた是枝が落ち着いた口調で三人を振り返った。

「土下座だと、無礼な」

新たに姿を見せた武士が揃って気色《けしき》ばみ、声を発した若い武士は鯉口《こいぐち》に手を添えた。

「旗本といえども、内藤家の江戸家老に対して土下座を迫るなど、返答次第によっては当方にも覚悟がござるが、如何」

別の一人が迫った。

相手が低姿勢であるのにつけ込み、それまで居丈高《いたけだか》に振る舞っていた影次郎が

にわかに怯《おび》えた表情を浮かべた。

「お待ちください」

一触即発の気配を見兼ねて、笙太郎が双方の間に割って入った。

「ここは浅草奥山、皆が楽しむ場所。刃物三昧など似合いません。双方ともお引きください」

「ご貴殿は？」

是枝が訊《き》いた。

「申し遅れました、秋草小城家家中、叶笙太郎と申します」

笙太郎は是枝に会釈すると、影次郎に向き直った。

「一言申し上げる。鞘を当てたのはご貴殿の方です、私ははっきりとこの目で見ました。こちらの是枝様はそれと知りつつ、事を穏便に済まそうと思われて、下手に出ておられたのです。ここは一言お詫びし、お互いに水に流して別れるのがよろしいかと存じます」

笙太郎の仲裁に、影次郎が忌々《いまいま》しげに口許を歪めた。

「仲裁は時の氏神《うじがみ》でございますよ、若生様」

凜《りん》としたよく透る声がした。

腰を低くしながら近づいたのは、何れかの店の主といった雰囲気を醸《かも》し出す柔和な面持《おもも》ちの町人だった。

「おう、善兵衛《ぜんべえ》か」

強張らせていた影次郎の顔に安堵の色が浮かんだ。

善兵衛と呼ばれた男は、是枝と笙太郎に丁重に頭を下げた。

「横合いから失礼申し上げます。手前は、北新堀《きたしんぼり》で口入屋『月蔵《つきくら》』を営んでおります善兵衛と申します。どうぞお見知り置きくださいまし」

善兵衛は笙太郎に目礼を送ると、こう続けた。

「是枝様、出過ぎた真似とは存じますが、ここはどうか、こちらの叶様との私《わたくし》奴《め》の顔に免じまして、お収め願えませんでしょうか」

「よかろう。善兵衛と申したな、その方と叶殿にこの場は預《の》けよう」

尚《なお》も熱《いき》り立つ配下を制して、是枝は善兵衛の申し入れを呑んだ。

「ありがとうございます」

善兵衛は深々と一礼した。

是枝らが引き揚げると、善兵衛が改めて笙太郎に向き直った。一瞬、笙太郎の顔を見る眼に強い光を宿した。

「何か」

笙太郎は訝りながらも、柔らかな笑みを投げた。

善兵衛もまた、すぐに柔和な表情に戻った。

「失礼申し上げました。ある御方の面差《おもざ》しが重なりましたものですから」

「世の中には己《おのれ》と似た者が三人いると申しますからな」

「叶様、ありがとうございました。若生様、どちらかで一献《いっこん》差し上げましょう。ごめんくださいまし」

影次郎は笙太郎に睨みを飛ばし、先立って歩き出した善兵衛に従《つ》いて行った。


その夜、叶家に叔父《おじ》夫婦の石井金兵衛《いしいきんべえ》と富江《とみえ》が笙太郎の縁談を持って来た。金兵衛は久右衛門の一つ年下の実弟である。安房浅村《あわあさむら》藩一万石の納戸方《なんどがた》、石井家に養子に入った。金兵衛には子がなく、今も現役である。

叔父夫婦の勧めであれば異存はないと、笙太郎は見合いをすることを快《こころよ》く了承した。叶家の家督《かとく》を継いで二年、笙太郎自身もそろそろ身を固める時期かと考えていた。

笙太郎が素直に応じたので、金兵衛はすこぶる機嫌がよく、富江も、これまでに九組の縁談をまとめたとかで、記念すべき十組目を是《ぜ》が非《ひ》でも実現したいと、大はしゃぎである。

見合いの相手方は、浅村藩の家臣の望月《もちづき》家で、当主は五左衛門《ござえもん》。代々、金兵衛と同役の納戸方を務めていて家禄は四十五石とのことである。四十石の叶家と釣り合いのとれる家柄、家禄である。

娘の名は千春《ちける》と言い、年は十九、いまどき稀有《けう》な孝行者だと、金兵衛から太鼓判を押された。先方の娘御は大乗り気だと富江が言い添えた。

秋草藩と浅村藩はともに海辺の国で、よく似た気候風土ゆえか、この江戸では昔から留守居役同士が親密で、自ずと双方の家臣の間でも文武両面での交流が盛んに行なわれていた。

「金兵衛殿、富江さん、よろしくお願い致します。この筆太郎は決して器用な方ではありません。ですが、束の間のつきあいが自然とできるのですよ」

多恵が優しい笑みを浮かべて筆太郎を見た。

「束の間のつきあい？　それは何でございましょうか」

富江が小首を傾げた。

「例えばお店や乗合船などでよその人と顔を合わせた時、笑顔で一声掛け合い、お互いに気持ちよいひとときを過ごす……それが、束の間の付き合いです」

「それって、当たり前のことではございませんの?」

「はい、当たり前のことです。ですが、当たり前のことがさり気なくできるのは、よろしいではありませんか」

多恵の褒め言葉が耳にこそばゆい筐太郎である。

「剣は、釣書《つりがき》にも記した通り、香取神道流《かとりしんとう》免許皆伝の腕前だ。富江、この香取神道流という流派はな、剣はもとより、居合、槍、薙刀《なぎなた》、手裏剣《しゆりけん》などあらゆる技を会得せねばならぬのだ」

久右衛門が自慢げに胸を反らせた。

「まあ、そんなに強いのですか筐太郎は」

目を円くする富江に、筐太郎は困った顔で手を横に振った。

「筐太郎、訊きたいことがあれば何なりと訊《たず》ねるがよい」

「私は未熟で粗《あら》の多い人間でございます。そのことを先方にお伝えくださりませ」

久右衛門に促《うなが》されて、筐太郎も明るく口を開いた。

「さがせば、粗の一つや二つ、誰にでもある」

「そうですとも」

石井夫妻は答えにならない返事をした。

夕餉《ゆうげ》が済むと酒席になり、石井夫妻の腰は糠床《ぬかどこ》の重しのように、でん、と居座った。酒が入ると金兵衛と富江の口調はさらに熱を帯びてきた。

見合いの席では相手にいい印象を与えるよう努め、縁組みがまとまるよう、力を尽くすのだと幾度も同じ言葉を繰り返して、石井夫妻は帰った。

「御方様のご参詣は恙《つつが》なく執り行なわれたのでしょうか」

笙太郎はふと、思い出して、懸念を口にした。

「何ごともなかったようじゃ」

久右衛門が応じた。

「陸尺が、一度に五人も辞めてしまったそうですねえ。何でも、みな、お給金がいいお屋敷に移ってしまったとか」

多恵が案じ顔を向けた。

「景気のいいことばかり申して人を搔《か》き集める口入屋が増えておるようだ、困ったことよ」

久右衛門が苦々しげに言った。

笙太郎は自室に引き揚げると、畳の上に大の字になった。酒で火照《ほて》った身体がひんやりと心地よい。静かに瞼《まぶた》を閉じると、ふと、昼間護摩堂で出会ったゆきずりの武家娘の声が耳許に甦った。

『止まない雨はないんだから。案じるより鴨汁』

『そらご覧なさいってば』

笙太郎は思い出し笑いをした。

——勝気な娘御よ……また何処かで会えるかなあ。

「ま、案じるより鴨汁ですか」

思わず口を突いて出た言葉に、独《ひと》り悦《えつ》に入って、小さく笑った。

三

「大目に見るとか、手心を加えるとか、相身互《あいみたが》いとか、時と場合、臨機応変《りんきおうへん》、魚心あれば水心……、おぬしには、そういう類《たぐい》の言葉はないのか」

笙太郎の文机《ふづくえ》が音高く鳴ったので、御用部屋の同僚らが一斉にこちらを見た。

軋《きし》んで揺れた何十年も使い込まれた文机の脚を、笙太郎は咄嗟《とっさ》に支えた。

笙太郎の顔の間近に、目を血走らせた金時《きんとき》のような赤い顔があった。

文机に両手を置いたまま、身を乗り出しているその男は納戸方の保川千之丞《やすかわせんのじょう》である。十年前には藩内きっての色男と持て囃《はや》された保川だったが、年月を経て頬は膨らみ、髪が薄くなり始めている。

「おぬしは何度拙者を追い返せば気が済むのだ。その数だけ拙者は上役から怒鳴りつけられているのだぞ、何故それがわからぬのだ」

保川は、笙太郎が突き返した物品目録が添付された購入伺を通せと捻《ね》じ込んでいた。

一方、笙太郎の御役目は勝手方である。藩が購入する物品の品目、数量、仕入れ先、価格、支払い日などを記した伝票を厳しく監査するのが御役目である。

「千之丞様、どの辺りがご納得いただけぬのでございますか、仰ってください。千之丞様が得心なされるまで、何度でもご説明申し上げますので」

問屋からの仕入れ値が高過ぎるし、仕入れる数量も多過ぎるというのが、保川の書付を笙太郎が突き返した理由だった。

笙太郎は口だけでなく、すぐに何冊もの台帳を取り出して、過去の実績を披露する。従って、ざっとした記憶や、うろ覚えでの談判など、たちどころに木っ端《こ ぱ》

微塵《みじん》にしてしまう。

「国許から倹約令が出ていることでもございますし」

この頃、全国的に米は不作で、秋草領内でも例年の六割程度の収穫高と見込まれており、国許から江戸表に対して厳しい倹約令が出ていた。

「しかし、横見様は何も口うるさく仰っておらぬではないか」

保川は声を抑えるふりをしながら、板戸の開け放たれた奥の続きの間にいる勝手方番頭の横見四郎兵衛の耳に入るように言った。

だが、当の横見は聞こえぬふりをしている。

「それは、言わずもがな、だからでありましょう。横見様はすべてご承知のことゆえ、何も口になさらぬまでのこと」

笙太郎もまた横見に聞こえるように言うので、横見は渋い顔である。

「この華のお江戸と、こう申しては何だが、国許の田舎とでは諸色（物価）が違うのだ、饅頭《まんじゅう》一つとっても倍ではきかぬほど値が違う。御方様からの頼まれ物も多いのだ」

「わかりました」

「おう、やっと聞き届けてくれるか」

「これから私が御方様の許に参り、篤《とく》とご説明申し上げましょう」

笙太郎はそれまで文机の上に積み上げられていた台帳や帳簿を手際よく整え始め、腰を浮かせた。

「ちょ、ちょっと待てよ」

保川が笙太郎の肩を押すようにして座らせた。

「そのようなことをされては、拙者《せっしゃ》はまるで子供の遣いではないか」

「しかし、私も千之丞様の困り果てたそのお顔を見るに忍びません」

「拙者の顔など余計なお世話だ。ったく、融通の利かぬ頑固者めが」

保川は忌々しげに書付を文机に叩きつけ、憤然と座を蹴った。

「千之丞様、御方様の許へは、いつでもこの私を呼んでくださいませ」

立ち去る保川の背中に大きな声をかけた。

保川と入れ替わりに、ひょろっとした若い男が廊下の柱の陰から泣きそうな顔で会釈を送って来た。保川と同じ納戸方に配属されたばかりの新参者である。

「おう、積み込みは済んだのか？」

「はい」

「真吉《しんきち》も来ているのだな」

笙太郎はひょろっとした新参者を従えて勝手口に向かった。

勝手口の土間にいた若い町人が笙太郎を見て、深々と頭を下げた。

この目から鼻に抜けるような才気を発する男は、秋草藩出入りの味噌醤油《みそしょうゆ》問屋「八幡屋《やわたや》」の番頭である。

「真吉、手間を取らせたな、この通りだ」

笙太郎はそこらの下駄を履いて土間に降り立つと、頭を下げた。

ひょろっとした新参者も慌てて笙太郎に倣《なら》った。

「いえ、私どももいけないのでございます。ご注文をいただいた時に気づかなければなりませんでした。ご注文をお受け致した者と出荷する者との間で、よく気をつけ合うようにと、店の者には言い聞かせましたので、どうぞお許しくださいまし」

真吉は丁重に頭を下げた。

先月末に味噌醤油を発注したばかりなのに、ここにいる新参者が重ねて発注するという単純な失策を犯したのである。納戸方は体面を繕い、買い上げればいいと主張したのだが、笙太郎は詫びを入れて引き取りに来てもらったのである。

「すまぬな、引き取りたいところだが、今の台所事情ではそれが出来ぬ。許してくれよ」

「叶様は私ども出入りの者に親しく接していただき、私どもの気持ちもよく汲《く》んでくださいます。叶様のそのお気持ちだけありがたく頂戴致します」

真吉の言葉に、笙太郎は照れ笑いをした。

「今後ともお引き立ての程、お願い申し上げます」

真吉は今一度深々と頭を下げた。

「いや、こちらこそ」

真吉を送って勝手口を出ると、表には味噌樽、醬油樽を満載した大八車が三輛《りょう》、待機していた。

「店まで足を運んでよく詫びて参るのだ、いいですね」

笙太郎は新参者にそう言い含めて送り出した。

暫くして、納戸方組頭に呼び出され、勝手方の分際で納戸方の者を町人の許へ謝罪に行かせるなど、全く以て僭越《せんえつ》であると頭ごなしに怒鳴りつけられた。

「しかし、組頭様。非はこちらにございます。非のある側が頭を下げるのは至極当然のことでございまする。あのひょろっとした新参者が店まで行って頭を下げれば、店の者とて悪い気は致しませぬ。むしろ、これからもっと良い間柄になれましょう。波風立てずそのまま買い上げよという声をちらちら耳に致しましたが、あの新参者のこれからを思えば、決してためにならぬ考え方かと存じまする」

笙太郎は、納戸方の怠慢《たいまん》な体質をちくりと指摘して組頭を黙らせた。

その日。

深川《ふかがわ》方面を歩いた笙太郎は、永代橋《えいたいばし》の真ん中で川風に吹かれて行き交う舟を眺めていた。川は風の通り道で、水面《みなも》を渡る涼しい風は気分を爽快にさせ、疲れを吹き飛ばしてくれる。町歩きで汗をかいたら橋の上で一休みするのが一番である。

永代橋は元禄《げんろく》十一年(一六九八)寅《とら》の年に、上野《うえの》の東叡山寛永寺《とうえいざんかんえいじ》を創建した残木を用いて架けられた。架橋の指揮を執ったのは関東郡代、伊奈半左衛門《いなはんざえもん》で、橋の長さは百十間(約二〇〇メートル)余、幅は三間一尺五寸(約五メートル八〇センチ)という立派な橋だった。橋の上に立てば、西に富士《ふじ》、北に筑波《つくば》、南に箱根、東に安房上総《かずさ》を望めた。

見事な景観に心を満たされて、大きく伸びをした。

その時である。

橋の西詰の向こうで悲鳴が上がった。道行く人や橋を渡る者が左右に散った。橋を引き返してこちら側に逃げて来る者も多くある。もうもうと舞い上がる土煙の向こうから、一頭の馬が駆けてくるのが見えた。乗り手の姿が見えない。主を失った暴れ馬だ。馬は悲鳴を上げる人波を割りながら、橋に差し掛かった。

すると、逃げ惑う人混みの中に、腰が曲がり、足許の覚束ない老女が杖《つえ》を突いて渡ってくるのが目に入った。

「ばあさん、危ない。馬が来る」

笙太郎は老女に向かって大声を張り上げ、端に寄るよう大きく手を振った。だが、老女は一向に脇に寄る気配がない。

――耳が遠いのか。

そう思った次の瞬間には、笙太郎は橋板を蹴って駆け出していた。

そうする間にも、暴れ馬は蹄《ひづめ》の音を轟《とどろ》かして老女に近づいていた。

「ばあさん、馬だ、馬」

猛然と前から突っ込んでくる笙太郎のただならぬ様了と大声に、やっと、老女が気づいて立ち竦んだ。

だが、暴れ馬は目前に迫っていた。一か八か、笙太郎は身体をぶつけるようにして老女を突いた。力任せに押せばどこかを痛めるかも知れないとは思ったが、命を守るためには他の手段を考える暇はなかった。

老女の身体を突き飛ばした直後、胸に強い衝撃を受けて息が詰まり、その身体は仰向けに飛んでいた。馬脚に胸を蹴られた弾みで欄干《らんかん》に頭を強打し、そのまま大きく回転しながら大川に転落していった。

馬に蹴られる瞬間、馬の鼻《はな》っ面《つら》の白い十文字の文様が目に映じ、耳に誰かの悲鳴が聴こえたが、それも束の間の記憶だった。

気がつくと、暗い水の中を浮遊していた。

水の中なのに息ができる。水は温《あたた》かく、とろんと身にまとわりつく感触があった。

濃紺の世界に一筋の淡い光が射し込んでいる。その光の帯の中に入って見上げると、中天にかかる満月ほどの大きさのぼんやりと明るむ輪が見えた。

――もしかすると、ここは井戸の底だろうか。

そう思った時、ひんやりとした恐怖が込み上げてきた。

笙太郎はその明かりの輪を目指して、水を蹴った。すると、体が、すうっと、浮かび上がって、光の輪の中に吸い込まれていった。

水の流れる音が聴こえる。

いつの間にか河原に佇んでいた。流れの岸辺には色とりどりの花が咲き乱れていた。

笙太郎は、その流れに向かって、ゆっくりと歩き出した。流れに近づくほどに息をするのが楽になった。楽になるので自ずと歩みも軽くなる。

「だめ、こっちに来ては」

いきなり響いた女の声に、笙太郎は足を止めた。

水の流れの中程、中空に浮かぶようにして、若い女の姿が現われた。年の頃は十七か八、着物の裾が短めで、髪を後ろで束ねている。魚河岸《うおがし》で天秤棒《てんびんぼう》を担ぐ魚屋か、軽快に御府内を駆け回る娘《むすめ》飛脚《ひきやく》を思わせるお俠《きやん》な印象である。

「ここは何処ですか、私は、どうしてここに……」

「川に落ちて溺《おぼ》れたのよ」

「川に……そうでしたか。私は水練が不得手でしてね、もっと稽古しておくべきだった。では、私は死んだのですね」

「ううん、まだ、死んでいないわ」

「死んではいない……」

「こっちが、〈さきのよ〉」

「さきのよ……あの世ということですか。では、いま私がいるところは」

「境目かな」

「あの世とこの世の、ですか」

笙太郎は改めて見回した。

見渡す限り、石ころがごろごろと転がっている。荒涼たる景色である。ここは賽《さい》の河原に違いない。すると、目の前の水の流れは三途《さんず》の川か。

笙太郎は足許に目を落とした。案の定、膝から下が透けるように消えていた。

「足がない、やはり、私は死んだのではありませんか」

「うふふ」

「何が可笑《おか》しいのだ」

女は、笙太郎の足はちゃんと二本見えていると言った。さらに、笙太郎の目の前には花も咲いていなければ賽の河原もなく、川さえも流れていないという。

——そんな馬鹿な。

笙太郎は恐る恐る振り向いた。その視界に映じた景色は、色のない灰黒色の世界だった。

女は、そちらの境日で見える景色は、その者の知識によるのだという。

「どういうことですか」

訊くと、女がこう答えた。

幼少時に祖父母や周りの大人たちに教えられたことや、芝居や書物で見たり読んだりして頭の中に刷り込まれたことが、見えるのだという。

そういうものかと、妙に感心する。

つまり、あの世についての知識がありふれたものならば、ありふれた光景しか見えないということなのだろう。

井戸は地獄に通じていて、井戸の中に向かって呼びかけると、死者に声が届くのだと、そんな話を子供の頃に聞かされた。暗い井戸の底がどれくらい深いのか想像もつかなくて、それはそれは怖かった。誰でも一度くらい、井戸に小石を落としたことがあるだろう。小石を指で軽く摘《つま》む。指を離すと同時に数を勘定する。一、二、三……。小石が暗闇の中に吸い込まれて行って、五つ数え終わる頃に、ぽちゃん、と小さな水音がした。

先程、井戸の底にいるのではないかと思った。

「それも、井戸の底は地獄に通じていると、子供の頃に聞かされたからなのでしょうか」


訊いても、女は微笑むばかりで答えなかった。

突然、足許にぼんやりと円い光の輪が広がった。

笙太郎は井戸の穴かと錯覚して、驚いて後退《あとずさ》りした。

女は腰を屈めて覗いてみろと言う。

言われた通りに屈んで円い光の輪を覗いた。すると、ゆっくりと靄《もや》が晴れるように視界が広がって、鏡の中に映し出されるように笙太郎自身の顔が見えてきた。光の中の笙太郎は横たわって眼を閉じている。

私は何故そこで眠っているのだろう。

よく見ると、私の周りには何人かの人がいて、懸命に何か叫んでいるようだ。

だが、それは言葉にならない音響となって響くばかりだ。

「みんなが呼んでいるのよ、帰っておいでって」

女にそう言われても、私の側にいる人達が誰なのか全然わからない。知っている人だとしても何も思い出せないのだ。

何処からともなく霧《きり》が流れてきた。

「早く帰ってあげなさい、早く、早く……」

残響する声が尾を引いて、女の姿は立《た》ち籠《こ》めた霧に包まれて見えなくなった。

霧はますます深くなり、気がつくと、笙太郎の身体は深くて暗い穴に吸い込まれ、回りながらどこまでも落ちて行った。再び暗い井戸の底のような暗黒の世界に舞い戻ってしまうのだろうか。

落ちていく笙太郎の耳に、降りしきる雨の音が聴こえ、雨音は次第に大きくなった。

四

霞がかかったように頭の中がぼんやりしている。瞼を開けようとするのだが、重たくて開けられない。頭の上からいくつもの男女の声が降ってくる。何を言っているのか聞き取れないが、どれも聞き覚えのある声ばかりだ。

やっとのことで張りついたような瞼を開けることができた。

「気がついたか、笙太郎」

それは久右衛門の涙ながらの声だった。

多恵が呼びかけ、金兵衛と富江らも次々と笙太郎の名前を呼んで、それがみな涙声に変わった。「よかった、よかった」という言葉が連呼された。

少し目を動かすと、自分は布団《ふとん》の上に寝ており、久右衛門、多恵、そして金兵衛と富江らは枕辺にあって笙太郎の身を案じているのだとわかった。

「ずっと、雨の音を聴いていました」

笙太郎はぼんやりとした頭で呟《つぶや》いた。

「最前まで夕立が降っておりましたよ」

多恵が笙太郎の顔を覗き込んだ。

その雨音が耳に届いていたのだろうか。

「三日三晩、ずっと眠り続けていたのだ」

久右衛門が続けた。

ふと、突き飛ばした老女の姿が目に浮かんだ。

「あのばあさん、大丈夫だったかな……」

「案ずるな、今はゆっくり休むがよい」

「そうなさい、笙太郎」

久右衛門と多恵が口々に言った。

「大事がなければいいのですが……」

まだぼんやりしている頭で考えていると疲れてしまい、笙太郎の瞼はすぐに重たくなった。

それからまた二刻（約四時間）近く昏々《こんこん》と眠り続け、次に目を覚ました時には、起き上がれるまでに熱は引いていた。

体を起こす時に胸の辺りに痛みが走った。打ち身の痛みで、胸に手を当てると晒《さらし》が巻かれていた。頭が締めつけられるのでそこも触れると、頭にもぐるぐると晒が巻かれていた。

しかし、布団の上に体を起こしても、特に頭がふらつくようなこともなく、怠《だる》くて力が入らない感じはあるが、何とか座っていることができた。

ふと、川の流れの上に浮かんでいた若い女を思い出した。

あの女は川を渡ってはいけないと笙太郎を止めた。

笙太郎が今こうしていられるのは、あの女が笙太郎にあの川を渡らせなかったからではないか。あの川はやはり、三途の川だったのではないだろうか。

あの女は何者なのだろうか。

そんなことをぼんやり考えているところへ、水を張った手桶を抱えた多恵が顔を覗かせた。

「起き上がったりして大丈夫なのですか、笙太郎」

多恵は向こうの部屋にいる久右衛門らに、笙太郎が眼を覚ましたことを大声で報《しら》せてから、心配そうに笙太郎の傍《かたわ》らに膝を折った。

すぐに久右衛門と石井夫妻が顔を見せて、笙太郎の顔に血色が戻ったことを喜んだ。そして、笙太郎の顔を覗き込むようにして、あれこれ質問を浴びせ始めた。

笙太郎自身や父母の名前に始まり、江戸屋敷のある町名や今の御役目、今の季節などを矢継ぎ早に問われ、笙太郎は生真面目に逐一《ちくいち》答えた。

「何故、左様なことをお訊ねになるのですか、みんなして」

笙太郎が訊くと、皆が代わる代わる答えてくれた。

すなわち――笙太郎は永代橋の橋の上で暴れ馬に蹴られて川に落ち、溺れた。その際に欄干に頭を強打したので、頭に何事もないかと案じてくれているのだとわかった。

話を聞かされたお蔭で、徐々に、その日のその場面が思い起こされてきた。

尚も様々な問いを浴びせられたが、問いかけにはすべて答えられたので、誰もがほっとした表情を浮かべた。

だが、笙太郎はにわかにあることが気になり始めていた。何度も懐の中を探り、枕辺を見回した。

「如何致した」

久右衛門が訊いた。

「私の日記帖が、ないのです」

「日記帖の一冊や二冊、助かった命に比べれば、どうでもよいではないか」

金兵衛が啞然《あぜん》とした。

「そんな物、川の底に沈んでしまいましたよ、あきらめなさい」

富江が突き放すように言った。

そこへ下女のお静が来て来客を告げた。笙太郎の見舞い客だという。

「どなただ」

久右衛門が訊いた。

「はい、望月千春様でございます」

「なに、千春殿が。兄上、笙太郎、見合いの相手が見舞いに参った」

金兵衛が機嫌のいい顔で言うと、こう続けた。

「実はの、見合いを日延《ひの》べせねばと思い、少しばかり耳に入れておいたのだ。さっそく見舞いに参るとは、なかなか奇特な娘ではないか」

「すぐに上がってもらいなさい」

久右衛門がお静に命じた。

「しかし、かような寝巻き姿では」

「構わぬではないか、見舞いなのだ」

笙太郎は布団の上で襟元を合わせ、身繕いをして畏まった。

「笙太郎、よろしいですわね、ここはぐっと千春さんの心を摑《つか》むのですよ。日記のことなどどうでもよいのですから」

富江は十組目の仲人実現に向けて意気揚々としている。

程なくして、廊下を渡る衣擦れの音と、しとやかな足音が聞こえた。俯き加減でやって来たその娘、望月千春を見て笙太郎は心の中で思わず笑みをこぼした。

——鴨汁の君ではありませんか、護摩堂の。

千春は目を伏せたまま廊下に膝を折ると、手にしていた袱紗《ふくさ》包みを脇に置いて、丁重に挨拶をした。

「浅村藩納戸方望月五左衛門が娘、千春にございます」

「千春殿、よう参られた。筆太郎が、つい今し方、目を覚ましたところだ」

金兵衛に言われて顔を上げた千春が、筆太郎を見て目を見開いた。

「あなた様は……」

「あなたが、私の見合いのお相手でしたか」

「その節はお見苦しいところをお目にかけまして、失礼致しました」

筆太郎が優しく声をかけると、千春は頬を赤らめて俯いた。

「なんじゃ、ふたりは顔見知りであったのか」

久右衛門が呆気にとられている。

「まこと、奇遇とはこのことよ」

金兵衛が声を弾ませると、富江も身を乗り出して、

「これも何かのご縁でございますね」

と、いよいよ十組目誕生だとばかりにはしゃいだ。

「何をしておる。さ、中に」

久右衛門が千春を部屋の中へ誘った。

千春は部屋に入ると布団の上の筆太郎に向かい、改めて手を突いた。

「お加減は如何でございましょうか」

笙太郎も居住まいを正した。

「かような見苦しい姿で申し訳ござらぬ。わざわざお見舞いに来ていただき、恐縮です。この通り、起き上がれるまでになりました」

「それはよろしゅうございました」

千春は、見舞いに訪れた経緯《いきさつ》を次のように語った。

金兵衛から見合いの相手が不測の事故に遭い、危険な容態にあると聞かされた。縷々《るる》、事故の顚末を聞くに従い、その御方は護摩堂でお会いした人ではないかと思えてきた。

「どういうことでしょうか」

笙太郎は怪訝《けげん》に思い、問いかけた。

「はい。お見舞いにお伺い致さねばという気持ちはもとよりございましたが、何をおいてもお届け致したい物がございましたので」

千春は袱紗包みを膝の上で広げ始めた。

袱紗の中から現われた物を見て、笙太郎は息を呑んだ。

「そ、それは」

笙太郎は素《す》っ頓狂《とんきょう》な声を発した。

千春が指の綺麗な手でそっと笙太郎の前に置いたのは、最前まで捜していた綴り、日記帖だった。

笙太郎は飛びつくようにして手に取った。

綴りは水に濡れてすっかりたわみ、表紙はもとより中面にも墨が滲んで、判読が難しいほどに黒ずんでいた。

「あなたが拾ってくださったのですか。まさか、川に飛び込んで」

生真面目な顔で訊く笙太郎に、千春が口許に手をやり、首を横に振ってから事の次第を話し始めた。

あの日、永代橋の東詰から橋を渡り始めた千春は、暴れ馬から老女を庇《かば》った武士が馬に蹴られ、その弾みで大川に落ちる光景を遠目に見た。

千春は暴れ馬から身をよけ、武士が落ちた辺りまで駆け寄った。

その間にも人が飛び込む大きな水音が次々と聞こえた。

欄干から身を乗り出すと、川に飛び込んだ河岸で働く男らの手によって、水の中からずぶ濡れの武士が助けられ、漕ぎ寄せた一艘《そう》の荷船に引き上げられる様子が見えた。

その武士は舟の上で水を吐かされていた。武士の顔に見覚えがあるような気がしたが、人の背中で思うように確かめることは叶わなかった。

とにもかくにも武士の命が助かったと、ほっと胸を撫《な》で下ろした千春の目に、水中で海月《くらげ》のようにたゆたう白い物が映じた。近くを小舟が通り過ぎて波立ったせいか、その白い物が水面までぽっかり浮かび上がった。それが綴りのように見えた途端、護摩堂で顔を合わせた武士のことが頭に浮かんだ。もしかすると、あの時の武士が所持していた物ではないか、と。

そう思った千春は声を張り上げて、水の中にたゆたう白い物を拾い上げるよう懇願《こんがん》した。

『その御方が大切になさっている物なのです』

男らに怒鳴《どな》り散らされても臆することなく、千春は声を張り続けた。

それが、日記帖を拾い上げるまでの経緯だった。

千春の話を聞き終えた筆太郎は改めて川から助け上げられた日記帖を見つめた。まるで、幼い頃に読んだ絵草紙に、二十年振りに縁日の夜店でめぐり逢《あ》ったかのような感銘を覚えた。

「十年分の日記を大切になさっていると、先日お伺いしたものですから、それを失くされれば、きっと、がっかりなされることと存じまして」

「命より大事な物です」

笙太郎の言葉に、すかさず、ふたつの声が重なり飛んできた。

「命の方が大事ですよ」

「命が大事に決まっておる」

多恵は真顔で、久右衛門は怒ったように。

呆気にとられる笙太郎を見て、千春が口許に手をやって肩を竦めた。

「ありがとう、千春さん」

笙太郎は思わず千春の手を握っていた。

日記帖を届けてくれたことが嬉しいのは勿論だが、そのことよりも、たまたま雨やどりをしただけの仲なのに、千春が笙太郎の話に、上の空ではなく、きちんと耳を傾けてくれたことが嬉しかったのである。

「でも、水に濡れてしまって、ほとんど読めませんが……」

千春は耳たぶを真っ赤に染めて、そっと、笙太郎の手を離した。

「大丈夫です。千春さん、十年分の日記をお目にかけましょう。私の部屋においでください。すみません、寝間着のままで」

笙太郎を案じる一同を横目で見て、千春を自室に案内した。

「まあ」

部屋の中に一歩足を踏み入れるなり、千春が感嘆の声を上げた。そして、部屋の壁面に日記帖がびっしりと並べられている様を、目を輝かせて眺め回した。

「これで、十年分ですか」

「いいえ」

笙太郎は悪戯《いたずら》っぽく笑うと、押し入れの襖《ふすま》を開けた。その中にいくつもの葛籠《つづら》が押し込められていた。

笙太郎はそのうちの一つを引っ張り出し、埃《ほこり》を被った蓋《ふた》を開けた。その葛籠の中にも、部屋の棚に収まらない古い日記帖がぎっしりと詰め込まれていた。

「さあ、日記の復元です」

圧倒されている千春を尻目に、笙太郎はわくわくしながら文机に向かった。おろしたての綴りを開くと、気持ちを集中して途切れがちな記憶を手繰《たぐ》り寄せ、何とかこの十日ほどの日記を復元した。

部屋一面の日記帖には動じなかった千春も、笙太郎の記憶力と執念には、さすがに驚いた様子である。

　笙太郎は復元作業の最後に、昏睡していた三日間と本日の日付を書き込んだ。何も書かない日は初めてのことだった。風邪を引いてどんなに熱がある日でも、旨《うま》い、安い、面白い、珍しい、そんな評判を聞けば、熱を押してでも飛んで行ったからだ。

「できました」

　笙太郎は気を取り直して明るく言った。無念な四日間はあるけれども、その出来映えに満足の笑みを浮かべた。

「いい思い出ができました」

　笙太郎は、千春が届けてくれた濡れて曲がった日記帖を棚に並べて、千春に笑いかけた。

　障子《しょうじ》に薄日が射して、柔らかな蜜柑《みかん》色が千春の顔を染めた。

　そのうち、雲が切れたのか、障子と障子の隙間から山が洩れた。

　千春が立ち上がって障子を開けると、明るい陽の光が部屋いっぱいに流れ込んだ。

　千春は縁側に出て、空を見上げた。

「笙太郎様、ご覧ください、虹《にじ》でございます」

振り向いた千春の笑顔に誘われて、筌太郎も縁側に出て空を見上げた。

雨上がりの澄み切った東の空に、息を呑むように鮮やかな七色の帯が大きな弧を描いていた。

「子供の頃、虹を追いかけて、駆けっこをしませんでしたか」

筌太郎が訊くと、千春の声も華やいだ。

「致しました。虹ばかりでなく、白い雲に夕焼け、それから一番星を追って」

「どこまで追いかけても近づけなくて……気がついたら、うんと遠くまで来ていて、怖くなって慌てて引き返して……。辺りはすっかり暗くなっており、転んで膝小僧を擦《す》りむいたりしながら、漸《よう》く見えて来た屋敷の門をくぐると、母がいました。その顔を見た途端、私は大声で泣いておりました」

遠い日の思い出を切なく語った。

千春も幼い日の思い出を語った。悠々と大空に広がる秋の鱗雲《うろこぐも》が大好きで、あまりに雄大な広がりに心が熱くなり、そのまま野原に寝転がっていつまでも空を見上げていたことがあるという。

「千春さんが、そんなことを」

「そう見えませんか」

「見えませんとも」

「でも、子供でしたから」

「そうですよねえ」

いま初めて気づいたかのような笙太郎の大仰な言い草に、千春が大笑いした。

向こうの部屋では、笙太郎と千春の明るい笑い声を聞きながら久右衛門と多恵が微笑み交わし、金兵衛と富江が手を握り合っていた。

笙太郎は、しみじみと虹を見上げた。

「綺麗ですねえ。いいですねえ、生きているって」

心の底から涌き上がった言葉だった。

第二章　濡《ぬ》れ衣《ぎぬ》

一

胸の痛みも和《やわ》らぎ、頭の傷も癒《い》えて、笙太郎は出仕した。馬に蹴られてから七日目のことだ。

「あの世からのご帰還か」

「悪運の強い奴め」

「閻魔《えんま》殿にも嫌われたとはの」

御用部屋に顔を出すと、口の悪い同僚から手荒い歓待を浴びせられた。

実際にあの世からの帰還であるし、一時は医者からも見放されたのだと、聞かされていた。

「私はまだ修行が足りないので、今少しこちらでご奉公せよと神仏から戻されたのでしょう」

笙太郎は永らく休んだことを詫《わ》び、見舞いや見舞いの品を頂戴《ちょうだい》したことに礼を述べながら、先《ま》ずは開け放った続きの間に向かい、敷居際に膝を折った。上役の勝手方番頭、横見四郎兵衛に挨拶するためである。

「番頭様、叶笙太郎でございます」

「おお、笙太郎か」

書類に目を落としていた横見の、常より高い声が返った。

笙太郎は、身体はすっかり快復し、今日から出仕したことを報告した。

「酷《ひど》い目に遭《あ》ったな。だが、命あっての物種だ。ま、ぼちぼちやってくれ」

笙太郎が一礼して引き返そうとすると、呼び止められた。

「暴れ馬のことだが」

「馬の持ち主がわかりましたか」

笙太郎は座り直した。

横見は笙太郎の問いかけには答えず、近くに寄るよう手招きをした。そして、事件のその後の経緯を抑えた声で淡々と説明した。

すなわち――

事件直後、すぐに先方から詫びが入り、御留守居役が応対した。そこで御留守居役は先方の詫びの申し入れを一旦は預かった。そして、笙太郎の生命に別条なしとの医師の判断が出た時点で、御留守居役は再び先方と会い、相対で済ませた。

「以上で落着だ」

「相対で済ませたとは、如何《いか》なる意味でございましょうか」

「事件としての事案ではないということだ」

「つまり、何もなかったことにする、ということでございますか。その先方とは、何処《どこ》の何者でございますか」

「知る必要はない。これは御留守居役のご判断だ。御留守居役はすでに国許にもご報告を済ませておられる。従って、これ以上の詮索《せんさく》は無用である。よいな」

横見が釘を刺した。

「しかし、あのように人の往来が多いところでは、一つ間違えばたくさんの人を巻き込む大惨事になるところだったのです。まさか馬が己《おのれ》の意思で屋敷を抜け出して、永代橋を散策したわけでもありますまい。察するに、乗り手はおそらく落馬。そうなれば、士道不覚悟の誹《そし》りも免《まぬか》れず――」

「藩命である」

横見は筆太郎の言葉に被《かぶ》せて強く言い放った。

「わしからは以上だ。御用部屋に戻るがよい」

「はっ」

一礼し、顔を上げたその時。

横見の髷《まげ》が踊り出した――ように見えた。横見も何が起きたのかと訝《いぶか》りながら、慌てて髷を手で押さえた。

「さあ、御役目御役目」

自分の机に戻った筆太郎は、明るく声に出して御役目に取りかかろうとして、おやと小首を傾《かし》げた。

「はて、羽でも生えましたか」

〈未決〉と書いた書付箱に置いたはずの書付が見当たらないのだ。事故に遭う前には、懸案事項や承認前の書付を何通もその箱に放り込んでいたはずだった。

筆太郎の呟《つぶや》きに、周りの同僚も奥にいる横見も目を逸《そ》らし、聞こえぬふりをした。

「ここに置いた書付をご存知ありませんか」

隣の同僚に小声で訊《き》くと、答えにくそうに声をひそめて教えてくれた。

「仕事が滞《とどこお》る故《ゆえ》にと、番頭様が判をついて回したのだ」

続きの間に目を向けると、横見が逃げるように席を立って行くのが見えた。それればかりか、意気込んで出仕したものの、取り掛からねばならない書付は一枚もなかった。

所在なく両手で膝頭を叩いた時、廊下で障子《しようじ》紙を震《ふる》わすような盛大なくしゃみがした。

その無作法を咎《とが》めるような視線を向けた者らはすぐに目を伏せた。くしゃみの主が、小柄だが、がっしりとした体格の目付、村瀬勲四郎《むらせくんしろう》だったからである。

家臣の動向に眼を光らせる目付という役職は、誰しも煙たい存在なのである。

その村瀬に目で促《うなが》されて、筀太郎はさり気なく腰を上げた。

村瀬は筀太郎の母、多恵の遠戚筋にあたる人物である。「多恵の姉の二度目の夫の妹の亭主の年の離れた末の弟」という一度や二度聞いただけでは覚えきれない間柄である。

下級武士の冷や飯喰いだったが、藩内きっての学識と才覚を認められて目付の家筋の養子となった。

「触らぬ神に何とかと言うぞ」

村瀬は御用部屋から目の届かない場所まで笙太郎を連れ出すと、身体を斜《はす》にし、懐《ふところ》手《で》をした手で顎《あご》を撫《な》でながら口を開いた。その仕草は村瀬の癖《くせ》である。そのように無頼《ぶらい》を気取るので粗野に映るが、実は観察眼の鋭い繊細な男である。

「暴れ馬の持ち主をご存知なのですね」

そう直感して探りを入れると、村瀬がにやりと笑った。

「相変わらず勘の鋭い男よ。だが、思い違い致すなよ、俺はおぬしを焚《た》きつけるつもりはない。知りたいことが知れず、いつまでも心にわだかまりを持つなど、百害あって一利無し。まして、その素姓を突き止めようなどと足掻《あが》くのは以《もっ》ての外《ほか》だからだ。よいな」

「心得ました」

笙太郎はきっぱりと返事をした。

「暴れ馬の持ち主は、直参《じきさん》旗本千五百石、若生家。現当主は影次郎、小普請組だ」

村瀬は一度言葉を切った。

――若生、影次郎……。

浅草奥山で、鞘当てをめぐり、高遠藩士に対して居丈高に振る舞っていた旗本が若生と名乗っていたことを思い出した。

「小藩といえどもわれらは大名。相手が高禄の旗本だからといって卑屈になることは一つもないと、御留守居役を責めるのは容易だ。だがな、向こうは若年寄や老中までも巻き込んで揉《も》み消しに動いた形跡もあるのだ」

「千五百石の旗本の次はご老中とは、役者が揃いましたね」

「事を構えるのは得策ではない、そのように御留守居役はご判断なされたのだ。この江戸で生き延びる智恵という奴さ」

笙太郎は指のささくれを爪の先で摘《つま》んで引っ張った。ちくりと、微《かす》かに痛みが走った。

村瀬がそれを見咎めた。

「まだ得心がいかぬか。いいか、老中に睨《にら》まれて御手伝普請《おてつだいぶしん》でも命じられてみろ。わが藩の財政など見る間に疲弊してしまうのだ。領民もわれら家臣もその家族も苦しい暮らしを余儀なくされるのだ。おぬしの私怨《しえん》が一つ間違えば御家の一大事を招きかねない、そういうことだ」

「得心致しました」

村瀬の筋道の通った説得に返す言葉はなく、明るく声に出した。

「おぬしが死んでみろ、大事になっていたはずだ」

村瀬が言うように、乗っていた馬を御し切れずに落馬し、挙句の果てに人を死なせたとなれば、切腹改易《かいえき》は免れず、揉み消しも何もなかっただろう。

「おぬしが死ななかったので胸を撫で下ろした連中がぞろぞろおるのだ。いや、お手柄お手柄」

村瀬は筆太郎の肩口を軽く叩くと、にやりと笑って立ち去った。

死にかけて手柄も何もないものである。筆太郎は苦笑いしながら村瀬の後ろ姿に向かって一礼した。

如何に遠い縁戚関係とはいっても、目付の村瀬と筆太郎とでは身分が違う。にもかかわらず、村瀬は折に触れ、こうして声をかけてくれる。爽《さわ》やかで何事にも動じることのない筆太郎だが、村瀬の目には、それが不器用で脇が甘く映り、歯がゆくてならないらしい。

村瀬の、辛《から》いが温《ぬく》もりのある言葉に気分も晴れて、御用部屋に戻った。

「筆太郎が出仕したと聞いたが、間違いないか」

大きな声がして、納戸方の保川千之丞が顔を出した。

「おお、おるではないか」

保川がすこぶる機嫌がいいのは、すでに購入伺を通してもらったせいだろう。

これみよがしに、筆太郎を冷やかしにきただけなのだ。

「これはこれは千之丞様、ご無沙汰《ぶさた》致しました。何かお急ぎの書付でもございますか」

「一枚も、ない」

保川は大仰に戯《おど》けると、高らかに笑った。

昼過ぎからは、筆太郎の身を案じた厚姫に呼ばれて、見舞いを受けた。

「筆太郎、馬が嫌いになったのか？」

厚姫が子供らしい問いかけをした。

「いいえ。命あるものは皆愛おしく、馬はとりわけ可愛《かわ》ゆうございまする」

筆太郎が笑って答えると、厚姫も嬉しそうに笑った。

次の読み聞かせの日を決めて、御役目に戻った。

二

七月朔日《ついたち》。

亀岡八幡宮《かめおかはちまんぐう》にお参りしたあと、市谷左内坂《いちがやさないざか》の近くをそぞろ歩いていた笙太郎は、普段は通らない道筋を辿《たど》ってみようと思い立って辻《つじ》を折れた。取り立てて特徴のない道でも、初めて歩く通りは心を浮き立たせてくれるものだ。

路地に一歩足を踏み入れた途端、奇妙な感覚に包まれた。

そして、ある光景が脳裏に映じた。

その仄暗《ほのぐら》い場所は土蔵か物置だろうか、金網を張った高い窓から射し込む幾筋もの光の帯が揺れた。誰かいる。男のようだ。男は水屋の引出しを次々と開けては、乱暴に中を漁《あさ》っている。

だが、その光景はたちまち消えて、気がつけば人気《ひとけ》のない小道に立っていた。

白日夢《はくじつむ》でも見ていたのだろうか。

我に返った笙太郎は改めて周囲の光景を眺めた。

いま佇《たたず》むこの道の両脇には笹藪《ささやぶ》が生《お》い茂り、行く手には崩《くず》れかけた土塀とこんもりと繁る森が見えた。この曲がりくねったうら寂しいでこぼこ道はどこかの寺の裏手の細道だとわかった。

すると、寺の土塀の内側から、にょっきりと小柄ですばしっこそうな男の頭が覗いた。

咄嗟《とっさ》に身を隠して様子を窺《うかが》うと、男はするすると土塀の脇の木によじ登った。塀に足を掛けて路地に飛び降りると、肩に掛けていた麻の頭陀袋《ずだぶくろ》をちょっと揺すって、「へへへ」と独り笑いをした。お宝の収穫に北叟笑《ほくそえ》むような怪しい風情《ふぜい》だ。

男はこちらに向かって歩を進めようとして蹈鞴《たたら》を踏んだ。まさかこのうら寂しい裏道に人が歩いているとは思わなかったのだろう、行く手を遮《さえぎ》るように姿を見せた笙太郎を目にすると、咄嗟に身を翻《ひるがえ》して一目散に逃げ出した。

笙太郎は逃げる男を追った。

男は笹藪の中に分け入ると、巧《たく》みに駆《か》け抜け、民家の垣根を飛び越えた。その途端に、けたたましい鳴き声が聴こえた。庭先に放し飼いにしていた数羽の鶏《にわとり》が垣根よりも高く飛び上がった。

男はそのまま庭先を突っ切って、姿を晦《くら》ませた。予《あらかじ》め逃亡する道順を定めていたかのようなすばしっこさだった。

鶏の鳴き声が止《や》んで、静寂が戻った。

「逃げ足の速いやつよ……」

笙太郎は垣根の前に佇み、男の逃げ去った方角を忌《いま》々《いま》しく眺めたまま、首筋を伝い落ちる汗を手の甲で拭った。

元のでこぼこ道に引き返すと、寺の裏口から中に入った。庫裡《くり》に回ると、入口に色褪《いろあ》せた朱房の付いた茶事用と思われる小さな銅鑼《どら》と、鐘を叩く銅鑼桴《どらばち》が吊《つ》るされていた。

笙太郎は銅鑼を叩いて訪《おとな》いを入れた。

「どなたかな」

暫時《ざんじ》あって、屋内から声がした。声はそのまま欠伸《あくび》に変わり、開けた大口に手を当てて〈あわあわ〉させながら麻の常衣《じょうい》をまとった住職が顔を見せた。

眉が黒く太く、目も鼻も口も耳も造りが大きい。うたた寝でもしていたのか、涙目をしている。

「坊主はお勤めが早いからの、昼間は眠いのだ」

訊きもせぬのに言い訳を口にして、板の間に膝を折った。

「ご住職ですか」

「左様。当山は、誠の心の寺と書いて、じょうしんじ。わしは寺を預かる鉄心《てっしん》と申す生臭《なまぐさ》坊主だ」

「さきほど、こちらに泥棒が入ったようだ。すぐに検《あらた》められたらよろしいかと」

「何、泥棒が。はあ」

鉄心は慌てず騒がず、間の抜けた声で言い、小首を傾げた。

「ご貴殿は、銅鑼を打つ、とは如何なる意味かご存知かな」

鉄心が気のない顔で問いかけた。

禅問答ではなさそうだと、筆太郎は知っているままを答えた。

「有り金、財産を使い果たしてしまうこと――でしたか」

「ご名答。銅鑼は鐘の一種。鐘を撞《つ》く――すなわち、金が尽く、金が尽きるに通ずるというわけだ。当山は見ての通りの荒れ寺。それ故《ゆえ》、こうして銅鑼を吊っておるのだ。寺は選ばねばの、泥棒も」

「つまり、この寺には盗む物など何もないと、左様《さよう》に仰《おお》せか」

「そうやって言葉にしてしまっては、身も蓋《ふた》もなかろう」

ぎょろりと上目遣いで見た鉄心だったが、さすがに言い過ぎたと思ったのか、でこぼこ頭を撫で回した。

「いや、わざわざお報《しら》せくださり、御礼申し上げる。これからさっそく調べてみると致そう」

鉄心はやはり気の抜けた様子で礼を口にして、ぺこりと頭を下げた。

庫裡を後にした笙太郎は、初めて訪れた誠心寺《じょうしんじ》の境内《けいだい》を歩いた。

文月《ふづき》の昼日中の境内は白い。

笙太郎は額《ひたい》に手を翳《かざ》して、目を刺す照り返しを避けた。

境内の中央には本堂があり、本堂のほかには、小さな鐘楼《しょうろう》と絵馬堂がある。

鉄心は荒れ寺と謙遜《けんそん》していたが、なかなかどうして、穴場の古刹《こさつ》といった趣《おもむき》がある。

鐘楼の側には枝垂《しだ》れの一本桜が植えられている。枝ぶりが優美で、春、満開の花をつけた姿に会いたいと思った。

本堂の正面には、重量感のある欅《けやき》の一枚板の扁額《へんがく》がかかっていて、肉合彫《ししあい》りに黒漆塗で「誠心寺」とある。

その周囲に見事な彫刻が施《ほどこ》された本堂のぐるりを巡ってみると、裏は墓地で、林立する墓石や墓標が見えた。

境内に戻ると、風情ある佇まいの山門に向かった。その途中、何かに手を合わせている夫婦者の背中が見えた。そっと回り込むようにして覗くと、夫婦者が拝んでいたのは、古びた小さな地蔵だった。地蔵の脇には「子安地蔵」と書かれた木札が立っていた。

子宝に恵まれたいと願う夫婦が、こうしてこの地蔵様に願を掛けるのだろう。

笙太郎は山門の下に立って見下ろした。山門から四、五十段ほどの長い石段が下っていた。

この誠心寺が近隣の亀岡八幡宮と似たような高台にあることがわかる。

石段の途中に一際目を引く大楠《おおくすのき》の古木が聳《そび》えている。そして石段の麓《ふもと》には一対の苔《こけ》むした石灯籠《いしどうろう》が建っていて、その先にもなだらかに下る石畳が続いていた。

蟬時雨《せみしぐれ》の降りしきるなか、笙太郎はゆっくりと石段を降りた。

古木の近くまで降りて振り仰げば、太古の森に棲《す》む巨鳥が翼を広げたように、大きく伸びた枝葉が文月の陽射しを遮り、影を落としていた。

大楠の高さは優に六丈（約一八メートル）はあろうか。樹齢を重ね、節くれだった太い幹と、四方八方に力強く土におろしている太い根。

古木の影に包まれた時、笙太郎は、ふと、懐かしいような、物悲しくもあるような奇妙な気分に包まれた。誘われるように石段を踏み越えて古木の下に近寄り、そっと木肌に触れてみた。

その途端。

「逃げられたね」

と、若い女の声が聴こえた。

笙太郎は驚いて木から手を離して辺りを見回した。だが、何処にもそれらしい人の姿は見えない。再び古木を振り仰ぐと、そよそよと吹く風を受けて枝葉が心地よく揺れ、木洩《こも》れ日が目を打った。

「誰ですか」

笙太郎は呼びかけて周囲に注意を払った。

「うふふ」

「誰ですか」

笙太郎は今一度呼びかけて耳を澄ました。

女の声も笑いもそれっきり返らなかった。

——空耳だろうか。

この日の町歩きは興が乗り、思い立って三田《みた》まで足を延ばして、広大な敷地に立つ薩摩島津《さつましまづ》家の豪壮な屋敷を見物した。

すでに陽は西に傾き、欲張って水天宮《すいてんぐう》に寄ったことを後悔しながら帰りの道を急いでいた。歩き慣れた道に引き返せばよかったのだが、いつしか道に迷い、気がつけば見知らぬ夕景色のなかを歩いていた。

不気味な羽撃《はばた》きの風が耳許を撫でた。

目を凝らすと、鬱蒼《うっそう》とした木立に囲まれた一画に行き着いていた。

この一帯は、周囲に武家屋敷が建ち並ぶ町人地である。

陽が沈む方角に長谷寺《はせでら》の甍《いらか》が、東に愛宕山《あたごやま》が見えるので、麻布《あざぶ》の飯倉片町《いいぐらかたまち》辺りだろうか。

まるで城門を思わせる黒塗りの高い門前には立派な塗《ぬ》り駕籠《かご》がずらりと並んでいる。木立の奥には広い屋敷でもあるのだろうか。

駕籠の陰で煙草《たばこ》を吹かしながら、陸尺《ろくしやく》の男たちが低い声で雑談に興じている。

陸尺の一人は江戸屋敷を辞めた三次で、筆太郎と目が合うと、気まずげに目を逸らした。

三次ら陸尺の男に、ここは何だと訊いても、誰も知らないという。塗り駕籠に乗ることができるのは身分格式の高い人物に限られるというのに。

——そんな馬鹿なことがあるだろうか、誰も知らないなどと……。

その時、また一挺《ちょう》、町駕籠《かぶき》が着いた。駕籠から降り立ったのは、その出で立《いた》ち、立ち居振る舞いから歌舞伎役者と見えた。

——高い身分の者の次は歌舞伎役者か。いったい、ここは如何《いか》なる建物なのだろうか。

笙太郎は怪訝に思い、近隣の住人に訊いて回った。

すると、住人の一人が、おそらく隠れ家のような料亭ではないかと教えてくれた。今日なども、板前が何人も出入りする様子を見かけたという。だが、肝心の屋号も屋敷の持ち主の名前も顔も知らないと、その住人は言った。

高い塀が巡らされた敷地の周囲を歩いてみた。すると、太い閂《かんぬき》が掛けられたうら寂しい門の向こうから女の低い唄声が聴こえてきた。唄っているのは何処かの土地の地唄のようだ。

唄声が止んで、静りさが戻った。人の気配に気づいたのかも知れない。

笙太郎が再び表門まで引き返した時、店の番頭と思《おぼ》しき男が姿を見せ、門柱の掛け行灯《あんどん》に火を入れた。透かし彫りをあしらった木組みの風格のある行灯だが、無地で屋号などは書かれていなかった。

三

別の日。

御役目が非番の笙太郎は昼前から日本橋に向かった。四つ（午前十時）に、石町の鐘撞き堂の前で千春と待ち合わせていた。

千春が見舞いがてら水に濡れた日記帖を届けに来てくれた日、笙太郎は御礼にと千春を町歩きに誘った。今日がその千春との初めての町歩きの日なのである。

約束の刻限より早く姿を見せた千春は、護摩堂で会った時と同じように胸に風呂敷包みを抱えていた。

「すみませんが、浅草田原町《たわらまち》に寄っていただきたいのです。内職の品を納めたいものですから」

千春は恐縮したように小声で頼んだ。

見ると目が赤い。夜なべでもしたのだろう。

「ちょうど良かった、今日は蕎麦《そば》喰《く》い地蔵にご案内しようと思っていたところでした」

「蕎麦喰い地蔵、ですか。初めて聞きます」

千春は興味深そうに眼を輝かせた。

「浅草田原町ならば蕎麦喰い地蔵に行く通り道です」

「まあ、よかった」

咄嗟に口を突いて出た思いつきとも知らずに、千春は嬉しそうに笑った。

今日七月七日は五節句のひとつ、七夕《たなばた》である。

江戸の町は何処《いずこ》も五色の短冊が結ばれた短冊笹が飾られ、華やかに彩られる。

吹く風に笹が軽やかな音を奏で、飾り物が空に舞う。

そんな光景を楽しみながら、道々、蕎麦喰い地蔵にまつわる言い伝えを千春に話して聞かせた。

ある蕎麦屋の先祖の夢枕にお地蔵様が立ち、「日頃の篤信《とくしん》の礼として一家の息災を守る」というお告げを受けた。お地蔵様は誓願寺《せいがんじ》の地蔵尊で、その後も蕎麦屋は代々、蕎麦を供え続けた。先午、江戸に悪疫《あくえき》が流行した折、その蕎麦屋の一家のみが息災だったとの噂《うわさ》が広まり、それからというもの地蔵尊に詣《もう》でる人が絶えず、いつしか「蕎麦喰い地蔵」と呼ばれるようになった。

誓願寺は浅草田島町《たじまちよう》にあり、蕎麦屋は浅草広小路の尾張屋《おわり》と語り伝えられる。

浅草田原町にある口入屋の「藤《ふじ》屋」に千春が仕上げた内職を納める間、笙太郎はこぢんまりとした店の表で待った。千春は次の仕事を頼まれている様子だが、これから出かけるのでと、丁重に断りを入れていた。

「いい人と逢《あ》い引きですか、お嬢様」

からかいの声が聞こえ、首を傾げて表を覗くようにした店の主《あるじ》の顔が暖簾《のれん》の隙間から垣間見えた。

「そんな、違います」

強く打ち消す声がして逃げるように店から出て来た千春の顔は真っ赤だった。

笙太郎はさり気なく目を逸らすと、千春と目を合わさずに歩みを進めた。歩きながら昨日のことを思い浮かべていた。

『大丈夫か、その女』

保川が擦《す》り寄ってきて、声をひそめた。

笙太郎の縁談の相手が千春だと知った保川は、千春がこれまでも何人もの男と見合いをしているが、悉《ことごと》く破談になっているのだと教えた。保川は笙太郎の耳

許に口を近づけ、さらに声を落として、
『魔性の女かも知れぬ、気をつけろ、精を吸い尽くされぬようにな』
と、下卑《げび》た笑いを浮かべたのである。
「筌太郎様」
千春の声で我に返った。
見ると、小首を傾げた千春が「向こうでは？」というように一方を指差してい
た。筌太郎は頭を掻《か》きながら千春の方に戻った。
千春を誓願寺の「蕎麦喰い地蔵」に案内したあとで、折角《せっかく》だからと、伝説に
所縁《ゆかり》の尾張屋に寄って早めの中食《ちゅうじき》を摂った。
「行きたいところがあるのですが」
蕎麦を食べ終わると、千春が遠慮がちに筌太郎を誘った。
阿波蜂須賀《あわはちすか》家の中屋敷の一室に襖絵《ふすまえ》が完成して広く公開しているのだが、そ
の絵が大層な評判を呼んでいるのだという。初めて耳にする話だった。
「知りませんでした。是非《ぜひ》、行ってみましょう」
筌太郎は嬉しくて勢いよく立ち上がった。
千春が、ただ筌太郎に案内されるまま従いて来るのではなく、この日のために

散策の案を用意してくれたことが嬉しかったのである。

「蜂須賀家といえば、確か――」

「三田です」

筮太郎と千春は足取りも軽く三田に向かった。

蜂須賀家中屋敷は三田一丁目にある。蜂須賀家の屋敷の周辺に讃岐《さぬき》、伊予《いよ》、土《と》佐《さ》の屋敷が隣在していることから、三田四国町と俗称されている。

その立派な長屋門が開け放たれていて、おそらく襖絵の見物に来たと思われる人々がつつましく言葉を交わしながら、門をくぐっていく。

その見物客の流れに逆らうようにして、邸内から頬《ほお》のこけた長身の武士が肩を怒らせて出て来た。若生影次郎だった。

筮太郎は見物客の陰に隠れるようにして、影次郎の視線を避けた。

その影次郎の後ろから見覚えのある町人が揉み手をしながら出て来た。その町人は浅草奥山の夜店で高遠藩士との口論の仲裁を買って出た男だった。

――確か、善兵衛とか申していたな。

筮太郎は男の名を思い出した。

「若生様、こうして蜂須賀家のお屋敷にお出入りさせていただけるなど、夢のようでございます、ありがとうございました」

善兵衛は勇壮な屋敷の甍を振り仰ぎながら上機嫌な様子で礼を述べた。蜂須賀家への出入りの口聞さでもしてもらった口振りである。千五百石の旗本の家柄ともなれば、大名家にも顔が利くのだろうか。

影次郎に、松の木陰で待ち受けていた別の町人が近寄った。

「お足はご用意頂けましたか」

「案ずるな、話はつけた、失《う》せろ」

「へっ？　しかし、すぐに切餅《きりもち》一つ渡すと仰っておられたではありませんか」

「目障《めざわ》りだ、どけ」

影次郎は町人を突き飛ばすと、善兵衛を従え肩を怒らせて立ち去った。

蜂須賀家中屋敷の邸内はすでに、町人武家、老若男女を問わず、襖絵を見物に訪れた人々で溢《あふ》れ返っていた。その中には手甲脚絆《てっこうきゃはん》姿の集まりもあった。この頃は大名屋敷を巡る日帰り旅も人気があり、そうした類《たぐい》の一行かも知れない。

襖にはどんな図柄が描かれているのだろう、虎《とら》だ龍だ、紅葉だ桜だと、口々に勝手なことを言い合いながら期待に胸を膨らませている。

屋敷の侍の案内で、笙太郎ら見物客はぞろぞろと神妙な面持《おもも》ちで大名屋敷の長い廊下を渡り、ある一室の前に通された。

「あまり長く立ち止まっていてはならぬぞ、よいな」

案内の侍が声を張った。

四半刻（約三〇分）近く待って、漸《ようや》く順番が回ってきた。

襖絵を目《ま》の当たりにして、笙太郎は息を呑《の》んだ。

襖に描かれていたのは木である。墨を基調に、襖一枚に一色だけ色が使用されていた。抽象的な筆致だが、木の一生を描いていた。

木の変化を通して、人の生命、人の一生を描こうとしているのだと、笙太郎は理解した。

胸に迫る見事な出来映えに感嘆した。

「この絵を描いた村雨清風《むらさめせいふう》という絵師は片腕なのだそうです。左手だけで描いたそうです」

千春が小声でそう説明した。

「清風殿」

誰かが絵師の名を呼んだ。

その声に誘われて顔を振り向けると、柱の陰に立つ総髪《そうはつ》で焦茶《こげ》色の十徳羽織《じっとくばおり》という出で立ちの人物と目が合った。

清風と思しき小柄で痩身《そうしん》のその男は、顔色が悪く頬はこけているが、眼は力に満ちて強い光を放っていた。羽織の右の袖が頼りなく見えたのは右腕がないせいだと気づいた。

清風は、その場でずっと、襖絵を鑑賞する観客の表情を観察していたようだ。

笙太郎は、見事な絵に対する尊敬と感謝の気持ちを込めて清風に目礼を送った。

清風も黙礼を返して、声をかけた侍とともに奥に引き揚げた。

「お顔の色が良くありませんでしたね」

清風を見送って、千春が小声で言った。

「お体が優れないのかも知れません」

笙太郎は清風が立ち去った廊下の向こうに今一度目をやった。

屋敷を出ると、笙太郎は千春を甘味処に誘い、一服した。

「いい物を目にしたあとで、こうして美味《おい》しい安倍川《あべかわ》餅を食べられる。幸せなことですね」

笙太郎は清風の絵の感動の余韻に浸りながら、綴りと矢立てを取り出した。

「私にも書かせていただけませんか、日記を」

千春が恐る恐る口を開いた。千春もまた清風の絵に心を震わせて、日記にその感銘を残したいのだろうと思った。

「いいですよ。私は、浅草田原町の藤屋から尾張屋までを書いてしまいますから、その後を」

笙太郎は澱《よど》みなく書き上げると、日記帖と筆を千春に手渡した。

「阿波蜂須賀家中屋敷、絵師、村雨清風の襖絵。そののち安倍川餅、と書きますね」

筆を手にした千春は、声に出しながら丁寧に書き始めた。

――やはり私は、この人の声に惹《ひ》かれたのだ。

千春の声を聞きながら、心の中で呟《つぶや》いた。筆を走らせる千春の口許や目の動き、何気ない仕草を眺めていると、忘れていた保川の言葉を思い出した。

――魔性の女。まさか。

すぐに打ち消した、その時。

「あっ」

千春が洩らした小さな声で、笙太郎は我に返った。

「どうしましたか」

千春が隠すようにした日記帖を覗き込むと、手が滑ったのだろう、書きかけの「餅」の字の〈払い〉が大きく左に流れていた。

「餅が伸びましたか。なかなか伸びのいい餅ですね」

笙太郎の可笑《おか》しみのある言葉に、千春が吹き出した。

その直後、笙太郎はきょろきょろと辺りを見回した。

千春は気づかなかったようだが、千春が吹き出した時、笙太郎の耳には、くすりと笑う女の声が重なって聴こえたのだ。

だが、店にいるのは笙太郎と千春のふたりだけだった。

――おかしいですねえ。


「帰りが少し遅くなりますが」

「今日は遅くなる旨、家にもお屋敷にも告げて参りましたので大丈夫です」

千春は頬を染めながらも、はっきりと答えた。

帰途、増上寺《ぞうじょうじ》にお参りしてから愛宕山に向かった。女坂に向かうと、千春が男坂を上りたいと言い出した。愛宕神社への石段は俗に出世の石段と呼ばれる急勾配である。それでも、千春は息を切らせながら笑顔で上りきった。

江戸で一番高いところから、七夕飾りで彩られた江戸の町を見下ろした。

「まあ、綺麗」

壮観な町並みを目にして、千春が感嘆の声を洩らした。まるで、縁日の夜店の提灯《ちょうちん》の灯りに目を輝かせる幼子のような素朴な横顔である。

陽は西に傾いて、七夕の一日もまもなく終わりを告げようとしていた。

七夕飾りは夕方にはすべて取り外されて、川や海に流されるのである。

山を下り、愛宕下の大名小路を抜けて芝口の町人地に出る頃、とっぷりと日が暮れた。

芝口橋を渡って尾張町の通りに入り、盆提灯が灯る商家の町並みを辿りながら、家路に就いた。

七月朔日の夕方から、江戸ではどの家でも盆提灯を家の軒下に吊るす。特に、大店《おおだな》では二尺余りの大振りの白張提灯を吊るした。

昼間の七夕とは異なる情緒的な光景が続いている。

尾張町の通りは、団扇《うちわ》を片手に夕涼みを楽しむ人々で賑《にぎ》わっていた。

その賑わいの中に紛れて妙な動きをする男が目に付いた。両の袖口を摑《つか》んでひらひらさせながら、奴《やっこ》さんのように揺れて歩いている。

その男は行き交う若い娘を見ると、好色な眼差《まなざ》しを向けて舌舐《したな》めずりをしていたが、そのうち擦れ違い様に女の尻を撫でた。

「これこれ、楽しい晩に、無粋《ぶすい》な真似は止《よ》そうではないか」

筌太郎は柔《やわ》らかくたしなめた。大声で叱責《しっせき》するのもそれこそ無粋な気がしたからである。

すると男は筌太郎を振り返るなり、べえっと舌を出すや、たちまち人混みの中に紛れて見えなくなった。

「困った人ですねえ、女の尻を追いかけ回すような真似をして」

筌太郎は苦笑いを千春に向けたが、千春は何故《なぜ》か訝しげな顔をしていた。

町を抜けて堀割に出ると急に人通りも少なくなり、灯りも乏しくなった。

小田原《おだわら》提灯に火を入れて夜道を照らしながら、京橋《きょうばし》を渡って竹川岸《たけがし》まで来た時である。

ぱたっと人気の途絶えた道で、がさがさと草叢《くさむら》の鳴る音を聞いた。

筌太郎と千春はその音につられて目をやった。

その途端に、千春が目を逸らして歩を速めた。

笙太郎もまずい場面に遭遇してしまったと慌てて足並みを揃《そろ》えた。

草叢が鳴ったのは、逢い引きの男女がもつれるようにして倒れ込む音だった。

足を速める笙太郎の目の端に、すっと、人影が過《よぎ》ったような気がした。足を止めて振り返ると、夏草が生い茂る中を葉音も立てずに進んで行く人影があった。

何故、何も音がしないのだろうかと奇妙に思いながら、笙太郎は提灯を掲げて暗闇を透かして見た。

すると、腰を屈めて草叢の陰に潜み、逢い引きを覗き見する男がいた。それは、尾張町の賑わいの中で娘の尻を撫でるなどの不埒《ふらち》を働いていた男だった。

「またですか、困った男だ。そこで何をしているのですか」

笙太郎が声を発した瞬間、覗き男は草叢の茂みに溶け込むようにその姿を消してしまったのである。

代わりに、むっくりと、大きな人影が起き上がった。

千春が小さく悲鳴を上げた。

草叢から起き上がった大柄の男は、顎にもさもさとした髭《ひげ》を蓄《たくわ》え、頬に傷を持ち、ぎょろりと、大きな目玉をこちらに転がした。

「人が何しようと勝手だろうが、さんぴん」

髭の大男が凄《すご》むと、続いて草叢の中から小柄で愛くるしい女が立ち上がった。

「誰、この人」

「やっ、おぬしらのことではないのだ。今そこで覗きを働く不届き者を見かけたゆえ、そやつをたしなめたのだ」

「覗きの男だと」

髭の大男は周りを見回した。

「お前《め》ぇらのほかに誰がいるっていうんだ。口から出任せ言うと、火傷《やけど》するぜ」

大男がさらに凄んだ。

「どうぞ続けてください、お構いなく」

千春の手を取りながら油断なく後退《あとずさ》りすると、提灯の火を吹き消し、身を翻した。そのまま一丁ほどひた走った。

「ここまで来れば安心でしょう。すみません、怖い思いをさせてしまいました」

明るい通りまで駆けて来て、笙太郎は息も荒いまま、千春に詫びた。

千春も肩で息をしながら首を横に振った。

その後は、改めて提灯も灯さず、押し黙ったまま歩いた。上がった息を調《ととの》える息遣いと二つの足音だけが夜道に響いた。

あの覗き男のお蔭で折角の愉しい町歩きがすっかり台無しになってしまった。

ふと、見ると、千春の表情が硬い。それは怖い思いをしたためばかりではないようだ。今日一日、何かの拍子に、ふっと、今と同じ思いつめたような、時には遠くを見るような表情を浮かべるのが気に懸かっていた。

「千春さん、何か心配事でもあるのではありませんか……？」

笙太郎が優しく訊くと、千春が足を止めて笙太郎に体を向けた。

「屋敷まで送っていただけますか」

千春が真顔を向けた。

「勿論、そのつもりでしたよ」

髭面の大男に絡まれて、帰りの夜道が怖くなったのだろうと笙太郎は快諾した。あるいは笙太郎を家族に引き合わせるつもりなのかとも考えたが、千春の沈んだ表情を見ると違うような気がした。

前以《まえもっ》て断わって来たとはいえ、あまり帰りが遅いと千春の家で心配すると思い、舟に乗ることにした。

永代橋に向かい、そこから猪牙舟《ちょきぶね》に乗り込んだ。ここから両国橋《りょうごくばし》まで乗る心積もりである。

猪牙舟は、舳先《さき》を猪《いのしし》の牙《きば》のように尖《とが》らせている舟の形から、そう呼ばれている速くて便利な乗合船である。

舟は客でいっぱいだった。舟縁《ふなべり》にもたれて川面を渡る風を浴びると汗も引いてすこぶる心地よい。

やがて新大橋《しんおおはし》の船着き場に舟が停められ、ぞろぞろと客が降り始めたその時である。

「香月《かつき》様、香月蔵人《くらんど》様ではございませんか。ほれ、私奴《わたくしめ》でございますよ」

岸の道を通りかかった武士が、下船する客の一人に向かって声をかけた。その口調は、武士らしからぬ町人言葉のように響いて聴こえた。

「私は口入屋の善兵衛でございます、お人違いでございましょう」

声をかけられた男は表情一つ動かさず打ち消した。

そのやりとりを耳にして、笙太郎は初めて善兵衛が同じ舟に乗っていたのだと知った。

「他人の空似か」

呼びかけた武士は小首を傾げながら立ち去った。

「善兵衛殿」

笙太郎が声をかけると、岸の上の善兵衛が隙のない身のこなしで振り返った。

「はて、どちら様でございましたでしょうか」

「叶です、いつぞや浅草奥山の夜店で」

「これはこれは叶様、お見逸れ致しまして申し訳ございません。その節はお世話になりました」

善兵衛は丁重に頭を下げると、ちらと、笙太郎の隣の千春に目をやった。

千春が目を伏せるとすぐに視線を戻して、

「では、ごめんくださいまし」

と、待たせていた出迎えの駕籠に乗り込んだ。

「怖い眼をした人ですね」

千春がぽつりと口にした。

善兵衛を香月と呼びかけた武士とのやりとりも奇妙だったが、笙太郎が呼び止めた折の、町人らしからぬ善兵衛の身のこなしに、笙太郎はざらっとした違和感を覚えた。

新たな客を乗せて、乗合船が動き始めた。

岸に目をやると、善兵衛を乗せた駕籠はもう見えなかった。

両国橋の下で舟を降りて、笙太郎と千春は橋を渡った。

浅村藩江戸屋敷は両国橋を渡った本所緑町《ほんじよみどりちよう》にある。

屋敷まで行くと、門の外で待たされた。

屋敷の門限は過ぎていたが、千春は前以て遅くなると届けを出していた。時を要しているのは、外部の者を屋敷に入れる許可をもらっているのだろう。

四半刻近くも待たされて、漸《ようや》く屋敷内に入ることができた。

千春に案内されて望月家の役宅に向かった。

望月家の役宅は敷地内の北詰の長屋の一画にあった。

千春が入口の戸を開けると、仄暗い行灯が灯されていて、板の間に膝を折った女の人影があった。

「いらっしゃいまし」

細面の女が、綺麗だが抑揚のない声で挨拶をした。病み上がりなのだろうか、顔に血の気がなく青白い。

「姉です」

千春が紹介すると、女は今一度目礼を返した。

「長女の美冬《みふゆ》でございます」

後家か出戻りだろうか——千春に姉がいても何の不思議もないのだが、意外な気がした。それは、千春のことをしっかり者の孝行娘だと叔父から聞かされていたせいで、千春はてっきり長女だとばかり思い込んでいたせいかも知れない。

「初めてお目にかかります、叶笙太郎です」

美冬は今一度会釈を返すと、奥に向かって呼びかけた。

「お見えでございます」

すると、家長と思しき年配の武士が姿を見せて正面に座した。

千春が笙太郎と五左衛門をそれぞれ紹介した。

「秋草小城家勝手方、叶笙太郎です」

「望月五左衛門だ」

五左衛門は父の久右衛門より二つ、三つ年下と聞いていたが、小柄で額に何本ものの横皺《よこじわ》が走り、歳よりも老けて見えた。

五左衛門は名乗ったあとで、品定めでもするように笙太郎を頭の先から足の爪《つま》先《さき》まで、舐《な》めるように見た。三白眼《さんぱくがん》なので余計に悪人顔に映る。

笙太郎と五左衛門の挨拶が終わる頃を見計らい、ぞろぞろと、十歳くらいの年長の少年を筆頭に男児女児合わせて五人が居並び、正座した。

「弟と妹です」

そう教えてから、千春は恥ずかしそうにした。

笙太郎は思わず笑みをこぼした。七人きょうだいとはなかなか壮観である。

「圭一郎《けいいちろう》にございます」

「千夏《ちか》でございます」

「千秋《ちあき》でございます」

「末《すえ》でございます」

「喬之進《きょうのしん》にございます」

ほぼ年子だろうか、それぞれがしっかりと名を名乗り、ぺこりと頭を下げた。

「叶笙太郎です、よろしく。さぞや、日々、賑《にぎ》やかなことでしょうな」

笙太郎が笑顔を向けても、五左衛門はにこりともしない。

「上がって茶でも」と口先ばかり誘われたが、笙太郎は丁重に断った。

すると、「すまぬな」と言い置いて、五左衛門はさっさと奥に引っ込んでしまった。

「お休みなされませ」

美冬が抑揚のない声で言い、一礼すると、圭一郎ら弟妹らも美冬に倣《なら》い、声を揃えて挨拶をし頭を下げた。

「お邪魔致した。また、お目にかかろう」

笙太郎は美冬以下六人に見送られて、望月家の役宅を辞した。

今度は千春が藩邸内の中庭を抜けて正門まで笙太郎を送る番となった。

「驚かれましたでしょう？　これまでにもいくつもお話をいただきましたが、断られて参りました」

千春は恥ずかしそうに目を伏せた。

笙太郎が叔父の金兵衛から何も聞かされていなかったように、千春の見合いの相手はいずれも、仲介した者から望月家の事情を聞かされなかったのだろう。

年のわりにはしっかりしており、その顔立ちと気立てに触れれば、見合いの相手はたちまち千春を気に入って妻にと望んだに違いない。

そんな相手の気持ちに気づくと、千春は家族に引き合わせたのだろう。

ところが、相手の男は千春の家族を目にした途端、一様に腰が引けて、破談を申し入れたのだ。

魔性の女などと、ちと悪意が過ぎやしないか。

——可哀想に。

相手の男に断られ続けることも可哀想だ。しかし、それよりも、嫁の実家の暮らしまで責任を持つ必要はないとはいえ、きっと相手の重荷になるに違いない、千春はそう慮《おもんぱか》って、いつも断られる道を選んだのだ、その心根が痛々しい。

笙太郎は千春の心情を思いやって、胸が切なくなった。

「笙太郎様とのお話も、一度はお断りするよう父に申し出たのですが、仲介役の金兵衛様への義理もあり、お受け致しました」

千春はそう言い添えた。

「父は、口では早く嫁に行けと申しますが……」

千春は語尾を濁《にご》した。

五左衛門の家禄だけでは、総勢八人の暮らしは苦しいに違いない。それ故に、千春が内職で幾許《いくばく》かの給金を得て家計の足しにしているのだろう。内職の賃金など雀の涙だろうが、それでも大家族の口を糊《のり》する役に立っているに違いない。

「姉上殿はお加減がお悪いようですね」

笙太郎が訊くと、千春は顔を曇らせた。

「半年ほど前に体を悪くして致しまして、戻って参りました」

事情が呑み込めた。姉がまだ働くのが難しければ、千春が嫁ぐことで、家計はたちまち窮するだろう。それより何より、母親代わりの千春がいなくなれば、困るのは弟妹たちであり、五左衛門なのだ。

千春が笑顔を拵《こしら》えた。

「でも、楽しいですよ毎日が。思いもよらない出来事があったりして……笙太郎様、本日は本当に楽しゅうございました。ありがとうございました」

最後は真顔になって、千春が深々と頭を下げた。

「この次は、何処にご案内致そう」

笙太郎が微笑《ほほえ》むと、顔を上げた千春の黒目がちの大きな瞳が見開かれた。

「何を左様に驚いておられるのだ、千春さんが今宵《こよい》私をご家族に引き合わせたのは、まさか会うのは今宵限りなどと……違いますよね、千春さんらしくもない」

「私らしく、ない……」

千春はぽつりと呟いて考え込む顔をした。

「またお会い致そう」

笙太郎は明るく言って踵《きびす》を返した。脇門をくぐって表に出て空を見上げると、満月だった。

「千春さん、ごらんなさい、月が明るくて綺麗ですから」

邸内に呼びかけると、少し間があってから、千春の声が返った。

「ほんとうに」

「千春さん、案じるより、鴨汁です」

筆太郎は煌煌《こうこう》と照る月を眺めながら言った。

千春から返事はなかったが、中庭を引き返す玉砂利を踏む音も聞こえてこない。

筆太郎と千春は、藩邸の門を挟んで、いつまでも天空に輝く満月を眺めていた。

四

次の日。

向島《むこうじま》の新梅屋敷《しんうめやしき》、白鬚明神《しらひげみようじん》、長命寺《ちようめいじ》から三囲稲荷《みめぐりいなり》と散策した筆太郎は、少し足を延ばして浅草の尾張屋で中食にありついた。冷たい蒸籠《せいろ》蕎麦に舌鼓を打って店を出たところで脇差を帯びた旅装の老武士に道を聞かれた。

小柄、白髪で痩身だが、よく日焼けして矍鑠《かくしゃく》としたその老武士は、佐柄木町《さえきちょう》に行きたいのだという。

「佐柄木町ならば帰り道ですから、途中まで一緒に行きましょう」

筆太郎は誘った。

「それがしは相馬《そうま》の郷士《ごうし》で、山野龍助《やまのりゅうすけ》でござる」

律儀に名を名乗り、深々と腰を屈めた。

筆太郎も恐縮しながら名乗った。

龍助は、江戸に奉公に出た娘を訪ねて相馬を出て来たのだと事情を打ち明けた。

「娘の名は鶴《つる》と申します。三年前に江戸に出たのでござるが、一年が過ぎた頃から便りが届かなくなり、それ以来音信不通でござる」

娘の身に何かあったのではないかと案じて江戸に出て来たのだろう。

娘からの便りに書かれていたという佐柄木町の醬油問屋を訪ねてみたが、鶴という娘はすでに店を辞めていた。別の店に移ったと教えられ、そこも訪ねてみたが鶴はおらず、その後の鶴の消息は摑めなくなった。

「三年前にお鶴さんら相馬の少女たちの奉公を口利きした口入屋に行ってみまし

よう」

笙太郎がそう提案すると、龍助は恐縮して繰り返し礼を述べた。

だが、龍助の口から出た口入屋の名を耳にした時、笙太郎の胸の奥底に小波《さざなみ》が立った。新大橋の船着き場で見た町人らしからぬ身のこなしが脳裏を過ったからである。

口入屋の名は月蔵、善兵衛の店だった。

笙太郎は龍助を伴い、月蔵のある北新堀に向かった。乗りかかった舟である。

北新堀の通りに面して建つ月蔵は間口四間（約七・三メートル）の中規模の店構えだが、武家、町人を問わず、切れ目なく人の出入りがある。店の者の、客を出迎える声、送り出す声が威勢良く響き渡っている。

月蔵は日の出の勢いの繁盛店だと道々聞いてきたが、その噂通り、日を瞠《みは》るばかりの賑わいだった。

ところが、応対に出た番頭格の男の態度は極めて横柄《おうへい》で、奉公先を斡旋《あっせん》してやった後のことはわからないと突《つ》っ撥《ぱ》ねた。重ねて訊くと、因縁《いんねん》を付けに来たのかと声を荒らげる始末である。

「善兵衛殿はおらぬのか」

笙太郎が善兵衛の名を出すと、それまで居丈高だった男の態度が変わった。

だが、生憎《あいにく》、善兵衛は不在で、笙太郎と龍助は仕方なく店を後にした。

龍助は、親身になって一緒に歩き回った笙太郎に厚く礼を述べた。今夜は馬喰町に宿を取り、明日からまた娘を捜すと言った。

「この江戸の何処かで、お鶴さんは元気に働いていますよ」

笙太郎はそう龍助を励まして、別れた。

帰途。

笙太郎は見覚えのある後ろ姿を見かけた。男は両の袖口を摑んで、ゆらゆらと奴さんのように袖を揺らしながら辻を曲がった。

昨夜、尾張町や竹川岸にいた男だ。今日こそとっちめてやろうと、笙太郎は急いで男の跡を追って、同じ辻を曲がった。すると、ある商家の裏庭を囲う黒板塀の前で腰を屈めている男の姿が見えた。男は塀の節穴を覗いていた。

声をかけるとまた逃げられると思い、笙太郎は足を忍ばせて男に近づいた。手を伸ばして男の襟首を摑んだ——はずが、手は空を摑み、前のめりに泳いでいた。

「あれっ」

笙太郎は訳がわからず、きょろきょろと辺りを見回したが、覗き男の姿はどこにもなかった。今いる場所は、裏道とはいえ、見通しのよい道である。逃げ場所など限られている。しかし、男は忽然《こつぜん》と消えた。

男の素早さに戸惑いながら、何気なく節穴を覗いた途端——

塀の向こうから、黒板塀を突き破らんばかりの甲高い女の悲鳴が上がった。同時に、節穴から勢い良く湯が吹き出した。

目に湯が入り、痛くて往生《おうじょう》していると、今度は頭の上から湯が降ってきた。

「誰か、誰か来てください、覗きです」

裏木戸から飛び出してきたこの家の若い下女が笙太郎を指差して叫んだ。

「ちがう、ちがう、思い違いだ」

懐《ふところ》から取り出した手拭いで頭や着物を拭いていた笙太郎は慌てて打ち消した。

しかし、けたたましい下女の叫び声を聞いて、それこそ道の両端と向こう三軒両隣から、腕っ節の強そうな男らが次々と飛び出してきて、笙太郎を取り囲んだ。

「お嬢様を覗き見していたのがお武家様だったので、わたし、驚いて」

下女は笙太郎を取り囲んでいる男らに、この家の娘が髪を洗っているのを覗かれたのだと言いつけた。

「娘を覗き見するとは、侍の風上にも置けねえ」

「私は覗きなどしておらぬ」

笙太郎はきっぱりと否定した。

「しかしよ、俺はこっち、この男は向こうから駆けつけたんだ。ここに来るまでに、お侍さんのほかに誰にも行き合わなかったぜ、なあ」

笙太郎自身も、口には出せぬが心の中では、覗き男はいったい何処へ逃げたのかと不思議に思っていた。

「それ見ろ、ぐうの音も出ねえじゃねえか」

「番屋に突き出すしかねえな」

「おい、ちょっと待て、待てと申すに」

笙太郎は男たちに取り囲まれ、有無も言わさず、ここから一番近い番屋に連れて行かれる羽目になった。

その番屋で、秋草藩江戸屋敷勝手方の叶笙太郎だと素姓を名乗ると、番屋にいた町廻り同心が困惑した表情を浮かべた。歴《れっき》とした大名家の家臣ならば、町奉行所の管轄外だからだ。

同心は下っ引きに何やら耳打ちすると、背中を叩いて追い立てた。笙太郎の言が真かどうか確かめるために、浜町の秋草藩江戸屋敷に走らせたのだろう。

「お前ぇたちもよくよく確かめねぇかい」

同心が面倒臭そうな口調で笙太郎を番屋に突き出した連中をたしなめた。

「なんで俺たちが叱《しか》られねばならねえんだ」

「何処の大名だか知らねえが、何だ、覗きをしておいて逃げ得か」

「町奉行所が駄目なら、評定所か」

男らは、ぶつくさ零《こぼ》しながら引き揚げて行った。

おっつけ、下っ引きに案内されて、目付の村瀬が悠然と現れた。

「あらましは道々この下っ引きから聞いた」

「村瀬様、信じてください、私は覗きなど致しません」

笙太郎は真《ま》っ直《す》ぐに村瀬に訴えた。

村瀬は同心に言って、覗かれた商家の娘の双親《ふたおや》を呼んだ。

暫時あって顔を見せた娘の双親に、笙太郎の普段の素行が極めて良いことなど、縷《る》々《る》、丁寧に説明して、穏便に収めてくれた。

一件落着し、笙太郎は村瀬に伴われて番屋を出た。

「お手間をとらせました。申し訳ありません」

笙太郎は神妙に詫びた。

「後日、一通りの聞き取りだけは行なう。よいな」

「畏《かしこ》まりました」

引き返す村瀬の足が止まり、振り向いた。

「目が痛かったと、左様に申しておったな」

「それが何か」

「節穴から覗いておらぬのに、何故、湯が目に入ったのか、ちと、気になってな」

「あれだけの湯を頭から浴びせられれば、目と言わず口と言わず湯は飛び込んで参ります」

「ふむ」

得心したのかどうか定かではないが、村瀬は踵を返して引き揚げた。

「目付だけに、目の付けどころが鋭い」

村瀬の背中を見送りながら、笙太郎は呟いた。

下心あって覗くことはしていない。ただ、今思い返せば、男が逃げ去った後に、誘われるように節穴を覗いた。

これは口が裂けても言えぬ――笙太郎は心の内で呟いた。

その日の夕刻になって、笙太郎は多恵に呼ばれて久右衛門の部屋に出向いた。

部屋には石井金兵衛と富江が来ていた。ふたりとも不機嫌そうな表情を浮かべており、笙太郎を見るなり、蔑《さげす》むような目の色に変わった。

どうやら覗き見騒動の一件がふたりの耳に入ったようだ。

案の定、石井夫妻の用件は千春との見合いの延期の中し入れだった。

「千春さんの希望でもあるのでございましょうか」

「隠し立てをせず、ありのままを、望月家に伝えて参った」

笙太郎の問いかけを呑み込むように、金兵衛が声高に言い放った。

どうやら望月家や千春の気持ちよりも、仲を取り持った自分らの面子《めんつ》を潰されたことに腹を立て、怒りに任せて押しかけてきたようだ。

ならばと、肚《はら》は決まった。

すべからく右から左に聞き流し、ひたすら嵐が過ぎ去るのを待てばいいだけだ。

案の定、石井夫妻は、特に富江は、十組目が流れたと嘆《なげ》くだけ嘆いて、帰って行った。

「ま、他人《ひと》の噂も七十五日だ」

石井夫妻を見送った久右衛門が諦めの口調で呟いた。

「お待ちください、父上。それでは、私に非があると認めたようなお言葉ではありませんか。私は断じて覗きなど致しておりません、濡《ぬ》れ衣《ぎぬ》です」

湯を頭から浴びせられて、文字通り濡れ衣だったのだ。

「参りましたね」

頭に手をやりながら自室に戻ると、部屋の前に多恵がいた。

多恵は笙太郎の顔を見ると微笑みながら一つ頷《うなず》きかけた。それは何か話がある時に見せる多恵の仕草だった。

「何用でございますか、母上」

笙太郎から水を向けた。

多恵は久右衛門を気にしてか、そっと振り返るような仕草をしてから声を落とした。

「さる御方から耳にしたのですが、千春さん、笙太郎とのお話を断るのがとても辛かったのだそうですよ」

笙太郎は黙って頷いた。

「千春さん、縁談は初めてではないそうですね。あのように可愛い方ですから、お相手はすぐに乗り気になるのでしょう。千春さんはお相手をお屋敷に案内してご家族に引き合わせたそうです。すると、すぐに断りが入ったのだとか」

「その話は、千春さんから聞きました」

「でも、笙太郎を案内するのは本当に辛かったそうですよ。わかりますね、笙太郎、千春さんの気持ちを察してさしあげて」

多恵が微笑みかけた。

「もう一度会って話をなさい。ふたりで目を見て話をすれば、誤解などたちまち解けます」

「ありがとうございます、母上」

笙太郎は多恵の背中に一礼して自室に入ると、行灯に火を入れた。千春を諦める気など毛頭なかった。ただ、笙太郎と千春を案じる多恵の気持ちが嬉しくて、黙って多恵の話を聞いていたのである。

ふと、背後に気配を感じて気を研ぎ澄ました。

「へへへ、いま、女のこと考えていましたでしょ？」

「誰だ」

笙太郎は立て膝を突いたまま素早く身を捻《よじ》って、声のした暗がりに視線を向けた。すると、部屋の片隅の暗がりの中に黒い人影が浮かび上がった。これまで暗がりに溶け込んでいたかのようである。

「酷い目に遭いましたね、旦那《だんな》。ちょいと覗いたぐらいで、あんなに大騒ぎすることはありませんやね」

「何だと」

笙太郎はさらに目を凝らして人影を見た。

「あっ、お前は昼間の」

指をさしたその先に、節穴の覗き男がきちんと正座してにんまり笑っていた。

「お暑うございます」

男は、ぺんと、額を叩くと、扇子《せんす》で胸元を扇《あお》いだ。まるで噺家《はなしか》のような仕草である。

「お前は何処からここに入ったのだ」

「何処って、あたしにもよくわかりません」

「ふざけたことを申すと、そのままにはしておかぬぞ」

笙太郎が腰の脇差に手をやると、

「あぶないなあ」

覗き男は後退りして、尻を襖にぶつけた——と思った瞬間、信じられない光景を目の当たりにした。

男の体半分が襖の向こうに消えていたのだ。

笙太郎は絶句し、瞬きもせずに身体半分の男を見つめた。

——消えた。

尾張町の通りでも逢い引きの草叢でも、そして、今日の商家の裏塀でも、笙太郎が声をかけたり、捕まえようとした途端に姿を晦ませた。あまりの逃げ足の速さに驚いたものだが、逃げたのではなく、そうなのだ、消えたのであれば筋道が通るのだ。

思えば、尾張町の通りでは、この男が若い娘の尻を撫で回していたが、誰一人悲鳴を上げず、嫌がる素振りをする者もいなかった。草叢を音も鳴らさずに分け入るのも不自然であるし、今も襖にぶつけたはずの尻が半分、音もなく襖の向こうに消えたのだ。

一つの言葉が浮かんだ。

「もしや、お前は、幽霊なのか?」

笙太郎は信じ難《がた》い気持ちを抱えたまま、疑念を口にした。

「ご明察」

扇子で一つ畳を叩き、あっけらかんと言い放つと、するすると元のところまで這《は》い出てきた。

「幽霊かと訊《たず》ねて、そうだと返事をされても言葉に窮《きゅう》するが、お前は何故、そうやって私の前に現われるのだ」

笙太郎は納得したわけではないが、立て膝から正座になって訊いた。

「さあ、そいつも、よくわからないんで」

「真面目に答えなさい」

笙太郎が一喝すると、男は目を円《まる》くしてから小さくなった。

「そ、それは多分、旦那にはあたしの姿が見えるからですよ」

男は、笙太郎の疑念に駄目を押すように言ってのけた。

「この旦那ならあたしの頼みを聞いていただける」

男は、ぽんと、一つ手を打って続けた。

「旦那を一目見た時に、そう思いましてね、えっへへへ」

男がすぐにへらへらと笑うのが、笙太郎の癇《かん》に障《さわ》る。

「見込んでもらって光栄だが、お前はどうして成仏《じょうぶつ》しないのだ」

「さあて、それも、あたしにはわかりません。わからないことだらけで、困ったものです」

言葉とは裏腹に、困っているようには見えない。むしろ、楽しげにさえ映る。

一つ思い出した。幽霊となって彷徨《さまよ》うのは、この世に心残りがあるからだと誰かから聞いたことがある。

「お前は、この世にどんな未練を残してきたのだ。相当な色好みのようだから、未練があるとすれば色恋の類ですか」

「ま、そんなところでしょうねえ」

男の鼻の下が長くなったその時。

「誰かいるのか」

廊下で久右衛門の声がした。

途端に、男が消えた。

「いえ、誰も。私一人です」

笙太郎は咄嗟に取り繕った。

「なんだ独り言か。あまり気に病んではならぬぞ」

「はい」

「やはり今度厄払《やくばら》いに参ろう」

一方的に告げて、久右衛門の衣擦れの音と足音が遠ざかった。

笙太郎は立ち上がって、覗き男がいた暗がりの辺りを見回した。隣室の襖を開けてもみた。だが、男の姿は何処にもなかった。

——やはり、幽霊でしたか……。

襖を閉めて、行灯から立ち上る一筋の煙をぼんやりと見ながら呟いた。

幽霊の存在など信じ難い。だが、これまでのあの覗き男とのあれこれを思い返すと、信じるしかないような気がするのだ。

では、何故、自分には幽霊が見えるようになったのだろうか。

油が切れかかっていて、行灯の灯が揺れた。

それにしても長い一日だった。

第三章　笙《しょう》と琴《こと》

一

笙太郎は、久右衛門と多恵に誘われて出かけた。怪我から快復した御礼参りと、今回のような厄災に遭《あ》わぬよう厄払いを兼ねて、お祓《はら》いを受けるためである。

行先は小網稲荷《こあみいなり》、正しくは小網山稲荷院万福寿寺《まんぷくじゅじ》。厄除けには極めて霊験《れいげん》あらたかとのことである。

「何か悪い物に取《と》り憑《つ》かれているのかも知れぬ」

道々、久右衛門がぽつりと独り言のように洩《も》らした。暴れ馬に蹴られ、九死に一生を得たものの、笙太郎の様子はまだ元通りではないと、久右衛門は思っているようだ。

つい昨日も、久右衛門が笙太郎の上役である横見から何やら耳打ちされている場面を目撃した。出仕が早過ぎたといった類《たぐい》のことを言われたのかも知れない。だが、まさか、好色な幽霊男につきまとわれて困っている——などと言うわけにもいかない。そんなことを口にしようものなら、直《ただ》ちに出仕無用と命じられるに違いない。

——くわばら、くわばら。

笙太郎らは拝殿に上がって居並ぶと、恭《うやうや》しく頭《こうべ》を垂れた。薄紫色の狩衣《かりぎぬ》に浅葱《あさぎ》色の袴《はかま》という出《い》で立ちの神主が、御幣《ごへい》を左、右、左と三回振って儀式が始まった。

それはお祓いが始まってすぐに起きた。お祓いの最中、神官の冠の纓《えい》が風もないのに跳《は》ね上がるなど、奇妙な動きをしたのである。

さらに、こんな女の声が聴こえたのだ。

「何が厄払いよ、失礼ね」

しかし、神妙に項垂《うなだ》れている久右衛門と多恵は異変に気づいていないようだ。

「誰ですか、これで三度目ですね」

笙太郎は周囲を見回して、小声で言った。

「お静かに」

神主にたしなめられた。

久右衛門が訝《いぶか》しげな視線を筆太郎に向けた。訝るというよりも、憐《あわ》れむような目の色が筆太郎の胸をちくりとさせる。久右衛門はやはり、頭の打ちどころが悪くて、筆太郎の様子がおかしいという疑いが拭えないのだろう。

昨夜、筆太郎を信じているると言ってくれた多恵でさえ、不安げな目の色である。

だが、その後は何事も起こらず、お祓いも済んで、皆の気持ちも落ち着いた。

帰途、多恵はその場を通り過ぎたかったようだが、久右衛門の足はいそいそとあるところに向かっていた。

今日は縁日で参道の両側には出店が数多く立ち並んでいる。久右衛門のお目当ては、古道具屋の出店だ。

古道具、骨董《こっとう》の類を集めるのが、久右衛門の若い時分からの道楽なのだが、いつも贋作《がんさく》まがいの品を高値で買い込んで来ては多恵の怒りと顰蹙《ひんしゅく》を買っていた。

久右衛門が吸い寄せられたのは、「呂宋堂《ルソンどう》」という人層な屋号の店だった。粗末な看板には、屋号の横に「創業三百年」の文字が書かれていた。

お祓いの前にはさすがに目もくれなかった久右衛門だが、どうやら境内《けいだい》に足を踏み入れた時すでに目星を付けていたようだ。

「いらっしゃい、お待ちしておりました」

極彩色の継《つ》ぎ接《は》ぎの半纏《はんてん》を着た店の親爺《おやじ》が、作り笑顔と、何処で覚えたのか心のこもらない掛け声で久右衛門を迎えた。

親爺のいるこの屋台には、いくらか値の張りそうな物と小物の類が置かれ、屋台の脇の地べたに敷かれた茣蓙《ござ》の上には書画骨董、壺《つぼ》や瀬戸物《せともの》の類が雑然と並べられていた。

「ルソンに、創業三百年だなんて。はったりに決まっております」

その大仰な屋号と惹句《じゃっく》を見た多恵は、ほとほと呆《あき》れた顔をして、さっさと茶店のほうに行ってしまった。

そこらでもぶらつくかと、歩を進めた筺太郎が、ふと、足を止めた。

風もないのに、風鈴の音が聴こえたからだ。

振り返ると、呂栄堂の屋台の庇《ひさし》に吊られた渋い色合いの鉄の風鈴が目に入った。

だが、その風鈴は、まるで萎《しな》びた糸瓜《へちま》のように、だらんと、力なく吊り下がっていた。

　笙太郎は小首を傾げながら、屋台に足を向けた。

「ルソン。異国の名前ですね。いや、大きな名前だ。さぞや、立派なご先祖様だったのであろうな。主、名は何と申す」

　笙太郎は多恵が呆れた屋号を眺めながら店の親爺に話しかけた。

「手前はただの店番で。助三郎《すけさぶろう》と申します」

　助三郎は額に手を翳《かざ》して、射し込む日差しを避けながら答えた。

「かの有名な呂宋助左衛門《すけざえもん》ではないのだな」

「えっ、へへへ」

　笙太郎がからかうと、助三郎は頭に手をやって笑った。

「毎度」

　馴染みの客でも見かけたのだろう、助三郎が何度も深々と頭を下げた時である。

　それが、笙太郎の目に飛び込んできた。

　射し込む陽の光が、それまで助三郎の背に隠れて見えなかった物を照らし出したのだ。

骨董などに興味のない笙太郎が、まるで吸い寄せられるようにして、その物を覗き込んだ。

すると、横合いから声が飛んだ。

「助三郎とやら、それを見せてくれぬか」

いつの間に側に来ていたのか、久右衛門が真剣な眼差《まなざ》しで笙太郎が目にしていた物を指差した。

「どれでございますか?」

助三郎は体を捻《ひね》って、久右衛門が指差した品物を取った。

それは、桜色を基調とした一尺(約三〇センチ)ほどの錦《にしき》の袋だった。懐剣のようだ。

「中を見ても構わぬか」

「どうぞ、どうぞ、とっくりとご覧になってくださいまし」

助三郎が錦の袋を手渡した。笑顔とは裏腹に「買う気も、買う金もないくせに」とでも言いたげな小馬鹿にした目の色だった。

そこへ、久右衛門と似た年格好の老武士がふらりと来て店先を覗いた。やはり骨董好きのようで、目許口許を綻《ほころ》ばせている。

ところが、横合いから久右衛門が手にしている物を目にした時のことである。老武士の口が驚いたように開き、その眼が大きく見開かれたのだ。

笙太郎は訝しく思いながら、二人の表情を窺《うかが》った。

久右衛門が手にして、じっと見つめていたのは一尺足らずの短刀だった。その拵《こしら》えは、青貝みじん塗りの鞘《さや》に房は紫紺という、地味だが気品のある女物の懐剣だった。

短刀が納められていた錦の袋は、桜色に萌黄《もえぎ》色の房という春を思わせる色彩の取り合わせで、短刀とは対照的な華やかさである。

隣の老武士は、「買うのか買わないのか」と急かすような苛立《いらだ》ちの目を久右衛門に向けている。

久右衛門はその視線に負けたように懐剣を置いた。

置いたそばからその懐剣を手に取った老武士は、いさなり買うと言い出して、助三郎に訊いた。

「品物に値札が付いておらぬな」

「いささか値が張りますものですから」

助三郎は揉《も》み手をしながら、舐《な》め上げるように老武士を見た。足許をみている様子がありありとわかる。こうした骨董屋で値を聞くより先に「買う」と口に出してしまっては、足許を見られるのは火を見るより明らかで、すでに勝負あったというものである。

「構わぬ、申してみよ」

「へい、十両で」

助三郎が老武士の反応を窺うように上目遣いをして答えた。

「十両だと」

値段を聞いて、前のめりになっていた老武士の背が後ろに反った。

老武士の気持ちが引いたと見抜くと、助三郎はすかさず、こう続けた。

「高過ぎますか。それならば、明後日にでも芝神明《しばしんめい》の店にお運びくださいませ。主《あるじ》ともよく相談致しまして、値引きのほうを……それまでに売れてしまいましたら、どうぞご勘弁を」

「よいわ」

老武士は懐《ふところ》から紙入れを取り出すと、小判を十枚取り出した。

「あ、ありがとうございます」

今度は助三郎のほうが驚いてしまい、呂律《ろれつ》が回らなかった。

助三郎と同じく、久右衛門も息を呑《の》んだ。

老武士は懐剣を助三郎の言い値で買い取ると、足早に立ち去った。久右衛門に輪をかけた道楽者なのか、それとも余程あの品物が気に入ったのだろう。

「ちと、用事を思い出した。多恵と先に帰ってくれ」

表情を硬《かた》くした久右衛門はそう言い残して、境内の裏手の方角にこれまた急ぎ足で立ち去った。

笙太郎は小首を傾げて久右衛門を見送った。久右衛門は久右衛門で、あの懐剣に何か心当たりがあるようだ。

「親爺、さきほどの侍は馴染みなのですか」

「いいえ、初めてのお客様で」

助三郎は帳簿らしき物を眺めながら素気《そつけ》なく返事をした。

「では、あの懐剣を売りに来たのはどんな男でしたか」

「さあて、どこの男だったでしょうな。この世界は一期《いちご》一会《いちえ》、お客の事情には深入りしない、それが鉄則でしてね」

「妙だな、あの懐剣は女物だ。女物の懐剣などを売りに来るのは、普通はどこかのお屋敷の侍か、その妻女ではないのか」

口許に笑みを含んだ筆太郎に見据えられて、助三郎は口許をひん曲げた。嵌《は》められたような気がして不快なのだろう。

「まさか、盗品ではあるまいな」

筆太郎はさらに探りを入れた。盗品ではないかと思ったのは、ふと、誠心寺の泥棒のことが頭の中を過《よぎ》ったからだ。

「買わないんなら帰ってくださいませんか、お侍さん」

語気が強くなって、助三郎がぷいと横を向いた。

筆太郎は呂栄堂を離れると、茶店にいる多恵に声をかけて、いつの間にかその数を増した参詣の人混みの中に紛れて家路に就いた。

二

お祓いを受けた次の日。

筆太郎は絵草紙屋が軒《のき》を連ねる芝大門から芝神明界隈《かいわい》を散策した。芝界隈に足を運ぼうと思ったのは、新しく発売された人気歌舞伎《かぶき》役者の錦絵が大変な人気を呼んでいると耳にして、その賑《にぎ》わいを見てみようと思ったからだった。

鈴の音がした。

見ると、黒猫が歩いていて、その首で金の鈴が揺れていた。口の周りと胸元、そして四肢の足許が白い。足許が白い猫は白足袋《しろたび》と言われて、上方《かみがた》ではあまり良く思われないらしい……などと取り留めのないことを思い浮かべながら、なんとなく黒猫の後を従《つ》いて行った。

猫の鈴の音に誘われるまま二筋ほど奥の路地に迷い込んだ。そこは「あぶな絵」を売る店など妖しげな店ばかりが軒を並べる通りで、其処彼処《そこかしこ》の物陰に、地廻りが腕組みして睨《にら》みを利かしていた。

さらに鈴を鳴らして駆《か》けて行く猫に従いて行くと、積み上げられた天水桶《てんすいおけ》の陰に深編笠の武士が身を潜《ひそ》めていた。この路地には不似合いな深編笠は二軒ほど先の向かいの店を注視していた。笙太郎が近づくと、笙太郎の視線を避けるように、すっと、身体を横に向けた。地廻りの目こぼしを受けているのは、それなりに〈はずんで〉いるのだろう。

「おやおや」

いきなり、望外の展開である。

一軒の店から見覚えのある武士が暖簾《のれん》を割って出て来たのだ。それは昨日小網稲荷の境内で呂宋堂から懐剣を買い求めた老武士だった。

老武士は人目を憚《はばか》るように手早く笠を被《かぶ》ると、そそくさと道の向こうに立ち去った。すると、深編笠の武士が筌太郎の脇を通り過ぎて、老武士の跡を尾《つ》けていった。

筌太郎は老武士が出て来た店の前に立った。屋根に掛かった看板を見上げて、にんまりとした。

看板には呂宋堂と書かれていた。まだ日の浅いその看板にはとても馴染《なじ》まない「創業三百年」の文字が威張っていた。

老武士が呂宋堂を訪れたのは、おそらく、きのう買い求めた懐剣のことだろう。縁日を仕切る地廻りにでも金を摑《つか》ませてこの店を突き止めたのだろうか、こんな妖しげな場所にまでわざわざ足を運ぶとは、よほど何か仔細があるのだろう。

老武士と深編笠の行方は気になるが、筌太郎は暖簾を割って店の中に入った。

「いらっしゃいま……」

帳場から飛んだ愛想のいい声の語尾が萎《しぼ》んだ。声の主、助三郎は筌太郎の顔を一瞥《いちべつ》するなり、渋い顔になって顔を背けた。

「こちらでしたか、お店は」

笙太郎は明るく声をかけて、店内を眺め回した。売り物の数が極めて少なく、客の姿もなく、閑散としていた。

「また、あなた様でございましたか」

助三郎は眼を逸《そ》らしたまま愛想の悪い声で言った。

「顔を憶えてもらっていたとは光栄ですね。いや、実に奇遇です、私はつい今しがたこの店から出て行った侍のことを訊きたいと思い、ここにやって来たのです」

笙太郎は咄嗟《とっさ》に出任せを言った。

「それはまた何ででございましょう」

「もしやあの侍は、懐剣を返品に来たのではありませんか」

笙太郎は上《あ》がり框《がまち》に腰かけると、鎌をかけた。

「うちは返品を受けない主義でございましてね。しかし、返品だとしたら、どうだと仰るので」

「無論、私が購《あがな》いたいからです」

「あなた様が？」

小馬鹿にした調子で言葉の語尾が上がり、その目も上目遣いになった。

「そうですよ。だが、返品でないのであれば、直《じか》にあの侍に掛け合うしかありませんか」

「左様でございますね、私どもの手を離れ、お客様の手に渡った品物のことは、手前には何とも」

「では、そうしよう。すぐにも後を追いかけたいので、あの侍の素姓を教えてくれませんか」

「何も聞いておりません」

「何もですか？」

「ええ、何にも」

「では仕方がありません、主に聞くとしましょう。主を呼んでくれませんか」

助三郎は縁日で最前の老武士に懐剣の値を吹っかけ、高過ぎるならば、店に来てくれれば主人と相談するなどと言っていた。だから、からかってみたのだ。

「わかっていて、お訊きになっているので。お人の悪い」

助三郎は口を尖らせて横を向いた。

「お前が店の主の助三郎なのですね」

「へい、左様で」

「では、訊きます。あの侍は、懐剣の何を知りたかったのですか。話してくれますね」

「出所、売り主のことですよ」

笙太郎の問いかけに、助三郎が面倒臭そうに答えた。

「教えたのですか」

「教えるものですか。売主様の素姓など知っていても教えられません。たとえお武家様のご依頼でも、とそう申し上げますと」

「そう言うと、どうしましたか」

「この懐剣の持ち主の消息を知りたいのだ。どんな小さなことでも構わぬ、消息を得られる手がかりが欲しいと、しつこく食い下がられて往生《おうじょう》しましたよ」

助三郎が老武士の口調を真似してみせた。

「だが、何か教えたのでしょう。急いで何処《どこ》かに向かった様子でしたから。いったいあの侍はどこに行ったのですか」

「誠心寺ですよ」

笙太郎に畳みかけられて、助三郎はあっさりと白状した。

誠心寺といえば、過日、寺の裏道で泥棒に遭遇した寺だ。

「なぜ、誠心寺に」

笙太郎がさらに訊くと、助三郎は老武士の口真似をして続けた。

「先日、わしより前に熱心に、食い入るようにこの懐剣を見ていた武士がおったであろう、わしより先に買われてしまうのではないかと、はらはら致した……あの御仁は何かこの懐剣のいわれを知っているのではないか、と、そう仰る」

先に熱心に懐剣を見ていた武士とは、久右衛門のことだろう。

「いいえ、あの御方は骨董や古い物がお好きなだけで。懐だってそんなに温かくありませんから、私は買わないと思っておりましたと」

助三郎は少し馬鹿にしたように、久右衛門が目利きではないと笑った。

「客の品定めを訊いているのではありませんよ」

笙太郎はぴしゃりとたしなめた。

「あのお武家様のお名前も何《いず》れのご家中かも存知上げませんが、奥様と誠心寺にお参りするお姿をおみかけしました、寺に行けば何かわかるかもしれませんと、左様に申し上げた次第で。私は誠心寺でもよく店を出すものですから」

そこまで言うと、助三郎は帳場から腰を浮かした。もうこれ以上話すことはないと話を打ち切ったつもりだろう。

久右衛門と多恵が誠心寺にお参りしていたとは初耳だ。

その時店の外で鼻唄が聞こえた。その声を耳にした途端、奥に行きかけていた助三郎の肩が「まずい」というようにぴくりと動いた。

笙太郎はそれを見逃さず、振り向いた。

「親爺、いい品物が手に入った……」

ご機嫌な声でそう言いながら暖簾を割った小柄な男は笙太郎の顔を見るなり、土間の入口で蹈鞴《たたら》を踏んだ。

それは誠心寺の裏塀を乗り越えてきた栗鼠《りす》のように逃げ足の速い泥棒だった。

男は咄嗟《とっさ》に踵《きびす》を返して逃げ出したが、今度ばかりは笙太郎の動きが優り、たちまち取り押さえていた。男の首根っこを摑んだまま店の中に戻ると、放り投げるようにして男を上がり框の上に転がした。

「誠心寺から懐剣を盗み出した泥棒ですね」

「七郎《しちろう》って親からもらった立派な名前がありますよ」

七郎と名乗った泥棒はあっさり寺から懐剣を盗んだことを認めると、居直ったように腕と足を組んだ。

「故買《こばい》はご法度《はっと》、お上の知るところとなれば、厳しいお仕置きを受けるぞ」

筌太郎にぴしゃりと言われて、どじを踏んだ七郎に向かって舌打ちした助三郎も観念した。

「さあ、先程の侍の氏素姓《うじすじょう》を聞かせてもらいましょうか」

「若生家ご用人の北川作兵衛《きたがわさくべえ》様、とお聞き致しました」

助三郎が不貞腐《ふてくさ》れたように白状して、そっぽを向いた。

「若生家……」

筌太郎は我知らず鸚鵡《おうむ》返しにその名を口にしていた。

若生の名は、浅草奥山で高遠藩士と鞘当て騒ぎを起こした旗本の名として初めて耳にし、そこで影次郎の顔も目にした。

その後、暴れ馬に蹴られて川に落ち、三日三晩意識を失い、漸《ようや》く快復して出仕した折に、先方とは相対で決着した故、余計な詮索はするなと上役から釘を刺された。その暴れ馬の持ち主が若生家だと村瀬から聞いた。

筌太郎が思考を巡らせる隙を衝《つ》いて、七郎が逃げ出そうとしたその時。

抜く手も見せず、筌太郎が刀の鞘を払った。

居合一閃《いっせん》、七郎の帯が真っ二つに切れて、着物の前がはだけて懐中の物が土間に落ちた。

香取神道流の腕前に七郎の顔はひきつり、色を失った。

「それも盗品ですね」

笙太郎の鋭い切先を鼻面《はなづら》に突きつけられた七郎は怯《おび》えて声も出ず、そのまま腰を抜かしたように上がり框にへたり込んだ。

「すぐに金子《きんす》を用意してもらいましょう、十両だ」

笙太郎は七郎に睨みをきかしたまま、助三郎に命じた。

「な、なぜですか」

笙太郎の腕前に恐れをなした助二郎が、弱々しい声で訊いた。

「これから私と一緒に若生家に行ってもらいます。十両と引き換えに若生家から懐剣を取り戻したら、この七郎なる泥棒と一緒に誠心寺に行きます。わかりましたね」

助三郎と七郎は口許を歪めて顔を見合わせた。

「それとも、町奉行所がいいですか？」

笙太郎に問いつめられて、助三郎は重い腰を上げると、ぶつくさ言いながら奥に引っ込んだ。

た。


「主、七郎なる泥棒に縄を頼む」

笙太郎はだらんと前がはだけた七郎に一瞥をくれて、奥の助三郎に声をかけた。

笙太郎は助三郎と七郎を引き連れて、表四番町《おもてよばんちょう》にある若生家の屋敷に向かった。

表四番町は上級旗本の屋敷が建ち並ぶ屋敷町である。

若生家の長屋門で北川作兵衛への面会を求めると、南門に回るよう門番に言われた。

作兵衛が用人を務めているのは若生家現当主の影次郎ではなく、隠居した先代、寛十郎《かんじゅうろう》だった。

寛十郎は、およそ七百坪の敷地内の一画に建てられた隠居所に暮らしていて、母屋《おもや》を経由せずに来客と会えるように南門が設けられたようだ。

言われた通り南門に回ったが、作兵衛はまだ戻っておらず、門脇の中間《ちゅうげん》部屋で待つことにした。

誠心寺に向かった作兵衛は住職と会えたのだろうか。会って、久右衛門のことなど何らかの収穫は得られたのだろうか。また、作兵衛の跡を尾《つ》けていた深編笠の武士は何者であろうか。

あれこれ考えを巡らせている間に、中年の下男が来て門番に何か告げた。作兵衛が帰って来たようで、筌太郎ら三人は下男に案内され、離れの一室に通された。

暫時《ざんじ》あって、廊下に作兵衛のものと思われる足音が聴こえた。廊下を鳴らす歩みが弾《はず》んでいるのは、来客の中に古道具屋の呂宋堂の名も告げてあったからで、懐剣に関する新たな報《しら》せがもたらされたのかと期待しているからだろう。それはすなわち、誠心寺ではめぼしい手掛かりが得られなかった証《あかし》でもあった。

勢いよく障子《しょうじ》を開けた作兵衛は、顔を見知る助三郎のほかの二人、筌太郎と七郎に素早く視線をくれた。

「その節は失礼を致しました」

助三郎が手揉みしながら愛想笑いをした。

「何がその節じゃ。最前のことではないか」

「ああ、左様でございましたな」

助三郎は惚《とぼ》け顔で頭に手をやった。

作兵衛はちらちら笙太郎と七郎に視線を投げかけながら上座に着いた。

「北川作兵衛じゃ」

「秋草藩江戸屋敷、叶笙太郎と申します」

「おう、小城大和守様のご家中か。お若いのに碩学《せきがく》の誉《ほま》れ高いお殿様じゃな」

「ありがとうございます。私は勝手方に勤める軽輩にございます」

作兵衛は一つ空咳《からぜき》をすると、北川の家は若生家譜代の用人の家柄で、先代の寛十郎に永く仕え、今も寛十郎に仕えているのだと誇らしげに説明した。

作兵衛が七郎に目を向けるより先に、笙太郎が言った。

「これは泥棒でございます」

「何じゃと」

大仰に眉をひそめる作兵衛を、笙太郎は手で軽く制した。

「これにはちと訳が。本日推参仕《つかまつ》りましたのは、小網稲荷の境内で北川様がこの呂宋堂助三郎から購われた懐剣のことでございます」

「貴公、何処かで見かけた顔だと思っていたが、あの折あの場に居合わせた者か」

「はい」

作兵衛はちらちら笙太郎と七郎に視線を投げかけながら上座に着いた。

「北川作兵衛じゃ」

「秋草藩江戸屋敷、叶笙太郎と申します」

「おう、小城大和守様のご家中か。お若いのに碩学《せきがく》の誉《はま》れ高いお殿様じゃな」

「ありがとうございます。私は勝手方に勤める軽輩にございます」

作兵衛は一つ空咳《からぜき》をすると、北川の家は若生家譜代の用人の家柄で、先代の寛十郎に永く仕え、今も寛十郎に仕えているのだと誇らしげに説明した。

作兵衛が七郎に目を向けるより先に、笙太郎が言った。

「これは泥棒でございます」

「何じゃと」

大仰に眉をひそめる作兵衛を、笙太郎は手で軽く制した。

「これにはちと訳が。本日推参仕《つかまつ》りましたのは、小網稲荷の境内で北川様がこの呂宋堂助三郎から購われた懐剣のことでございます」

「貴公、何処かで見かけた顔だと思っていたが、あの折あの場に居合わせた者か」

「はい」

など何らかの収穫は得られたのだろうか。また、作兵衛の跡を尾《つ》けていた深編笠の武士は何者であろうか。

あれこれ考えを巡らせている間に、中年の下男が来て門番に何か告げた。

作兵衛が帰って来たようで、笙太郎ら三人は下男に案内され、離れの一室に通された。

暫時《ざんじ》あって、廊下に作兵衛のものと思われる足音が聴こえた。廊下を鳴らす歩みが弾《はず》んでいるのは、来客の中に古道具屋の呂宋堂の名も告げてあったからで、懐剣に関する新たな報《しら》せがもたらされたのかと期待しているからだろう。それはすなわち、誠心寺ではめぼしい手掛かりが得られなかった証《あかし》でもあった。

勢いよく障子《しようじ》を開けた作兵衛は、顔を見知る助三郎のほかの二人、笙太郎と七郎に素早く視線をくれた。

「その節は失礼を致しました」

助三郎が手揉みしながら愛想笑いをした。

「何がその節じゃ。最前のことではないか」

「ああ、左様でございましたな」

助三郎は惚《とぼ》け顔で頭に手をやった。

「懐剣を引き取るじゃと、それは出来ぬ。返すわけには参らぬ」

作兵衛はにべもなく笙太郎の申し出を拒んだ。

「しかし、盗品ですが」

「そ、それは、当家は与《あずか》り知らぬこと」

作兵衛は言葉に詰まりながら撥ねつけると、腕組みをして横を向いた。

「盗品であることが明白である以上、返品に応じていただけぬとなれば、出るところへ出なければなりません。誠心寺がお恐れ乍《なが》らと訴え出れば、この呂宋堂も泥棒も町奉行所の取り調べを受け、罪に問われることになりましょう」

作兵衛は忙しく腕を組み直し、突き出した唇がさらに突き出された。

「おそらく奉行所は、懐剣は持ち主に戻すべしとの裁きを下すかと。であるならば、お上の手を煩《わずら》わせず、ここは穏便に相対で済ますのが得策と思えるのですが、如何でしょうか」

「一両日待て」

作兵衛は一つ大きく息を吐いた。

「見事な拵えといい、錦の袋の見事な織りといい、あの懐剣は何方《どなた》か身分のある御方の所持品かとお見受け致しました。あるいはご当家の何方様かの――」

「懐剣が如何致したのじゃ」

作兵衛が話を戻した。

「あの懐剣は盗品なのです」

筌太郎が七郎に目をやると、またしても作兵衛が眉をひそめた。

「この者が誠心寺から盗み出し、呂宋堂に売り払ったのです」

「しかし、寺の住職には内々にあの懐剣を持参して見せたのだが、何も申しておらなんだが……あの坊主め、隠し立てなど致しおって……」

作兵衛は口をへの字に結んだ。

「察するところ、保管していたはずの物を目の前に突きつけられて、驚きと焦《あせ》りと恥ずかしさで、何も言い出せなかったのでしょう」

筌太郎がそう推測すると、作兵衛はへの字に結んだ唇を突き出した。

「故買は御法度、お上から厳しくお咎《とが》めを受けるとこの助三郎を諭《さと》し、同行させました。この七郎なる泥棒から如何ほどの値で買い取ったことやら」

渋い顔で小さくなっている助三郎と七郎をみやってから、筌太郎は続けた。

「ま、それはともかく、本題に。代金十両をこの場でお返し致しますので、懐剣を誠心寺に戻していただきたいのです」

「叶殿、おって沙汰《さた》致す。今日のところは引き取ってもらえぬか」

作兵衛が笙太郎の言葉に割って入った。

「ご無礼仕りました」

笙太郎は一礼した。

作兵衛は弾みをつけるようにして立ち上がった。ふと、敷居際で足を止めて、笙太郎に向き直った。

「ところで、叶殿。あの折、わしより先に懐剣を手に取っていた武士がおったが、その者が何処の何者か、知らぬか」

「はて、どのような御仁でございましたでしょうか」

笙太郎は惚けた。

「知らぬならばそれでよい」

疑わしげな視線を飛ばすと、作兵衛はせかせかと廊下を引き返して行った。

作兵衛はささほど。盗品であるか否《いな》かは、当家には与り知らぬことと言った。当家というからには、あの懐剣を十両もの大金を支払って購ったのは、作兵衛の私物としてではないということだろう。あるいは、隠居の若生寛十郎に関わりがあるのかも知れない。

「さて、今日のところは引き揚げるとしよう」

笙太郎は助三郎と七郎を従えて表に出ると、助三郎にこう言った。

「助三郎、お前にこの七郎を預けます。もし、七郎が逃亡するようなことがあれば、事件として正式に奉行所に届け出ます。その時は、助三郎、お前もただでは済みませんよ」

助三郎に七郎を預けて一足先に帰した。居残って笙太郎がこっそり向かったのは若生家の厩舎《きゅうしゃ》である。

馬の嘶《いなな》きと馬草の匂いを頼りに邸内を歩けば、厩舎には苦もなく辿り着けた。

その厩舎には立派な馬が二頭。その内の一頭、栗毛の鼻っ面に白い十文字の文様があった。永代橋で馬に蹴り飛ばされる直前、目に飛び込んだのが白い十文字だった。

「お前ですね、私を撥ねたのは。でも、お前に罪はありません」

笑顔で話しかけると、馬の大きな瞳が愛らしく笙太郎を見た。

「おう、可愛い目をしておる」

「そこで何をしている」

背後から居丈高な声がした。

油断なく振り返ると、器量の良くない武士が三人、こちらを睨んでいた。

「貴様、不届きにも当屋敷に忍び込んだか」

「忍び込んだなどと。寛十郎様ご用人、北川作兵衛様にお目にかかった帰りです。ふと、馬の嘶きを耳にしたものですから、つい、ふらふらと。私は、猫と蕎麦《そば》と馬には目がないものですから……」

「貴様、われらを愚弄《ぐろう》致すか」

笙太郎にからかわれたと思ったのか、武士の一人が凄《すご》んだ。

「如何《いかが》致した」

三人の武士の背後から低い声がした。

「影次郎様」

武士の一人がその名を口にした。

陽の翳《かげ》りから眼光鋭い細身の武士が現われた。

「貴様は……」

笙太郎を目にした影次郎が冷え冷えとした視線を向けた。

微《かす》かに血の匂いがした。

「その節は失礼致しました。旗本千五百石の若生家ともなりますと、飼っている馬もさすがにご立派でございますな」

笙太郎は、鼻の頭に十文字の文様のある栗毛に目をやった。

影次郎の眼がさらに凄味を増した。

先代の寛十郎は幕臣きっての有能な目付だったそうだが、影次郎は無役の小普請組に甘んじていた。小普請組の者がすべてそうではあるまいが、影次郎には、世を拗《す》ねて荒《すさ》んだものが漂《ただよ》っていた。

「お疑いが晴れたのであれば、引き取らせていただきたいのですが、よろしいでしょうか」

三人の取り巻きが影次郎に視線を向けて、指示を求めた時、影次郎の名を呼ぶ声がした。

影次郎の名を繰り返し呼びながら、あたふたと作兵衛が駆けて来た。

「ご当主、かような所におられましたか、ご隠居様が至急のお呼びでございます」

「失《う》せろ」

影次郎は笙太郎に向かって抑揚のない口調で言い、踵を返した。

笙太郎を黙って帰すのかとばかりに拍子抜けした様子の取り巻きも影次郎の後

に従った。

「お蔭様で事なきを得ました」

笙太郎は作兵衛に一礼した。

「かような所で何をしておられたのじゃ」

「私を蹴った馬のお顔を拝ませていただきに」

「む、おぬしを蹴ったじゃと」

作兵衛が、はたと思い当たった顔をした。

「そう申せば、いつぞや貴公の屋敷の留守居役が、叶という名を口にしていた。いま思い出した。そうか、貴公が永代橋で……」

「左様にござりまする」

「そうであったか……いや、大事がなくて何よりじゃ。しかし、奇遇じゃの」

「真にもって奇遇でございまする」

笙太郎は爽《さわ》やかに笑った。

帰途――

若生家の屋敷を出て五、六町（約五、六〇〇メートル）ほど歩いた頃だろうか、背後から慌ただしい足音がしたかと思うと、岡っ引きの先導で駆けつけた町方同心が雑木林の中に踏み入った。

林の上では、何羽もの鴉《からす》が鳴きながら旋回している。

笙太郎は足を止めて、そっと林の中の様子を窺った。

草叢《くさむら》に町人がうつ伏せに倒れているのが見えた。

同心が岡っ引きに命じて、町人を仰向けにさせた。すでに事切れているようで、傍《かたわ》らに片膝を突いた同心が、十手の先で町人の胸元を開けて覗いている。

「刀傷だな」

同心の抑えた声が聞こえた。

笙太郎は気づかれぬように林の中に足を踏み入れ、遠目に仏の顔を覗き見た。

——あれは。

笙太郎は思い出した。

仏は、蜂須賀家の襖絵を見物に行った日に屋敷の近くで影次郎と談判していた男だ。

さきほど若生家の厩舎の前で嗅《か》いだ微かな血の匂いが甦《よみがえ》った。

三

屋敷に戻ると、門番から来客を告げられ、笙太郎は門脇にある中間らの詰所を覗いた。

「すまぬ、待たせたな」

笙太郎が声をかけると、中にいた三十過ぎの人足風の男が慌てたように立ち上がった。そして、傍らの老女の耳許に口を寄せて、

「おっかあ、叶様だ。御礼を言わねば」

と声を張って立たせた。

その老女は永代橋で暴れ馬から笙太郎が救った者で、息子は奉行所で笙太郎の素姓を聞いて、母を伴い、礼を言いに来たのだった。

「おっ母《か》さんに大事はなかったようですね。私はあれから三日三晩寝たきりでした」

気には懸けていたのだが、この老女とはそれっきりだった。

「ご番所でそのようにお伺い致しました。お蔭様で、おっかあはおでこに大きな

たんこぶ一つ拵えただけで済んで……本当にありがとうございました。おっかあ、おっかあを助けてくださった叶様だ、ご挨拶しねえと」

息子は耳の遠い母の耳許で「叶様だ」と大きな声で言い添えた。

「叶様、命拾いさせてもらいました、ありがとうございました」

老女は小さな顔いっぱいに笑みを広げて頭を下げた。

「お蔭様で、おでこに大きなたんこぶ一つ拵えただけで」

「おっかあ、それは今俺《お》らがお話ししたではないか。すみません、耳が遠くって」

「馬の持ち主から何か報せはありましたか」

筮太郎が訊くと、息子は首を横に振った。

「どこかの偉いお旗本だそうで。俺たちみたいな町人は、いつだって泣き寝入りだ」

息子は悔しげに吐き捨てた。

影次郎は早い段階で揉み消しに動いた。秋草藩でさえ相対で済ますのだ、町人など泣き寝入りするのが関の山なのかも知れない。

「叶様、こんな物しかありませんが、心ばかりのお礼です」

息子が新鮮な夏の野菜を盛った笊《ざる》を差し出した。

「見事な野菜ではありませんか。ありがたく頂戴《ちょうだい》致そう。重かったでしょう」

笙太郎は二人の住まいを聞き、笊は後で返しに行くからと言って、見送った。

二人と入れ違いに、目付の村瀬が帰って来た。

「村瀬様、その節はご足労をおかけした上に、大変お世話になりました。ありがとうございました。新鮮な野菜をもらいました。お裾《すそ》分《わ》けいたします」

「おぬしが助けたばあさんか」

村瀬はちらと引き返して行った老女を見やってから、差し出した笊から胡瓜《きゆうり》を一本手に取った。無造作に泥を払うと、がぶりと一口齧《かじ》って、そのまま行った。

「若生家について調べていただけませんか」

笙太郎は村瀬の背中に向かって、不躾《ぶしつけ》だが真剣に頼んだ。

「若生家には関わるなと申し聞かせたはずだぞ」

村瀬は足を止め、背中のままで言った。

「雑木林で刀で斬られた町人の死体を見かけました。その男は影次郎に金の返済を迫っていたのです」

笙太郎は毅然として告げた。

村瀬がくるりと振り向いて、引き返してきた。筆太郎が手にしている笊を物色すると、胡瓜を持ち替え、茄子《なす》を一つ摑んで、掌《てのひら》の上で転がした。

「若生家の先代は、公儀の元目付だ。不正を監視するのが目付の御役目だ。その目付が、暴れ馬が引き起こした事件の揉み消しはねえわな」

村瀬は独り言のように呟《つぶや》くと、手にした茄子と、序《つい》でに茄子をもう一本袂《たもと》に押し込み、齧りかけの胡瓜片手に母屋に向かった。

筆太郎は村瀬の後ろ姿に深く一礼した。


筆太郎は役宅に入ると、部屋に久右衛門を訪ねたが、姿が見えなかった。多恵に訊くと、呆れ顔で突つくように縁側を指差した。

縁側に出ると、縁側いっぱいに敷いた筵《むしろ》の上に骨董の類が所狭しと並べられていた。それらに囲まれて、久右衛門が何か思いつめた様子で一尺余りの大振りの絵皿を布で磨いていた。

「ご精が出ますね、お忙しいですか」

「嫌みを申すな。忙しくて骨董磨きなどしておるわけがあるまい」

筆太郎は苦笑いしながら、ふくれ顔の久右衛門の脇に蹲踞《そんきょ》をした。

「二、三、お伺い致したいことがございます」

「堅い話か、柔《やわ》らかい話か、どっちだ」

「厄払いの後で、どちらに行かれたのですか」

笙太郎は久右衛門の問いは受け流して、単刀直入に訊いた。

「さるところだ」

久右衛門は「はあっ」と皿に息を吹きかけた。

「誠心寺ではありませんか。よくお参りされるそうですね、母上とご一緒に」

笙太郎は久右衛門の表情を探りながら続けた。

「寺に行かれたのは、縁日で懐剣を見かけたから、ですね」

久右衛門は押し黙ったまま皿を磨く手を止めようとしない。

「縁日の店先に並んでいた懐剣が、父上が見覚えのある品とあまりにもよく似ていた。これは確かめる必要がある。何故《なぜ》ならば、父上が見覚えのある懐剣は誠心寺に保管されていたはずだった……違いますか、父上」

「何故、そう思うのだ」

久右衛門は観念した様子で、皿を磨く手を止めた。

「寺に盗みに入った泥棒を捕らえて、白状させました。泥棒が盗み出した懐剣を呂宋堂が買い取り、あの日、縁日の店先に並んでいたのです」

「そういうことだったのか……。あ奴め、惚けおって」

久右衛門は得心したように呟いてから、何を思い浮かべたのか、小さく舌打ちをした。

「懐剣についてご存知のことをお聞かせいただけませんか。誠心寺の住職との関わりも併《あわ》せて」

笙太郎は真顔で膝を進めた。

あの日、久右衛門は桜色の錦の袋に納められた懐剣を食い入るように見つめていた。その驚きの様子に触れた時から、その懐剣が若生家と叶家、そして笙太郎自身にも何か関わりがあるような予感がしていた。

「その時が、かように突然訪れるとはの」

久右衛門は独り言を呟いた。それから、心を決めたように、小さいが力強く頷《うなず》くと、笙太郎を部屋に促した。

居住まいを正した久右衛門が真《ま》っ直《す》ぐに笙太郎を見て、こう切り出した。

「隠しだてをするつもりはなかったのだ」

これから久右衛門の口から何が語られるのか、笙太郎は思わず背筋を伸ばした。

そこへ多恵が来て、来客を告げた。

「誠心寺のご住職様が見えました」

「なに、鉄心が。よいところへ来た。すぐにここへ通しなさい」

鉄心が現われるのを待つ間、久右衛門は強い日差しの降り注ぐ庭に目をやった。覚悟を決めた表情を見せたかと思えば、落ち着きなく目を泳がせるなど、波間に浮かぶ木の葉のように心が揺れ動いている様子が窺えた。

足音を高く響かせて、袈裟《けさ》を身に纏《まと》った鉄心が頭を掻《か》きながら悪びれた表情を隠しもせず、廊下を渡ってきた。部屋の前まで来ると、虚を衝かれたように蹈鞴を踏んだ。いつぞや泥棒の侵入を教えた男が、まさかこの場にいようとは思いもよらなかったのだろう。

「鉄心、左様な所に突っ立っておらず、中に入らぬか」

久右衛門に促されて、鉄心は部屋に入り、胡座《あぐら》をかいた。久右衛門に向けた鉄心の眼が「眼前の男は何者だ」と訊いている。

「跡取りの笙太郎じゃ」

久右衛門の言葉を聞いて、鉄心は絶句した。

「叶笙太郎です」

笙太郎は微笑《ほほえ》みかけた。

「左様なことであったか」

鉄心が手を額《ひたい》にやっていきなり大声を出したので、久右衛門が眉をひそめた。

鉄心は、経文の一節か仏教用語か、何やらぶつぶつ呟いてから、名乗った。

「誠の心の寺と書いてじょうしんじの、鉄心と申す生臭《なまぐさ》坊主だ」

鉄心は初めて会った時と同じ台詞《せりふ》を口にした。

笙太郎は顔をほころばせて目礼を返した。

「鉄心、今日は何用だ」

久右衛門は、笙太郎と鉄心が顔見知りだとはまだ気づいていない。

「いやあ、そのことなんだが……」

形の悪いでこぼこ頭の天辺を掌で撫《な》で回しながら、鉄心は言い出しかねている。

「懐剣のことか」

「いや、面目ない」

鉄心は畳に両の拳を突いた。久右衛門に図星を指されて却って気が楽になったのか、大きな声で謝った。

「ないのか」

「ない」

鉄心が悪びれずにはっきりと答えた。

「この間は、その場しのぎの出任せを申しおって」

久右衛門にたしなめられ、鉄心は身体を小さくした。一見、押し出しが強そうだが、根は素直で正直のようだ。

「あの時すぐに蔵の中を検《あらた》めるべきであった。いや、実はな、いつぞや、こちらの笙太郎さんから、寺に泥棒が入ったようだと報せてもらったことがあったのだ」

「何じゃ、おぬしたちは顔見知りであったのか」

久右衛門の呆れ顔を上目遣いで見ながら、鉄心が続けた。

「あの日、久右衛門殿が帰った後で、初めて奥の蔵を検めた。懐剣はなかった。笙太郎さんの忠告通り、盗まれておったのだ。はて、如何致すべきやと迷っているうちに、今度は若生家の用人が来た」

「なに、若生家じゃと」

久右衛門が苦々しげにへの字に口を結んだ。

笙太郎を撥ねた暴れ馬の持ち主が若生家であり、事件は相対で済まされたことも、久右衛門は無論承知している。久右衛門にとって若生家の名は耳にするのも不快なのだ。

「その若生家の用人――名は北川作兵衛――から懐剣を見せられ、よく夫婦で寺に参詣する武士を知らぬかと、しつこく訊かれたのだ。久右衛門殿のことだと察したが、素っ惚けておいた。これは何かあるなと思い、いよいよ久右衛門殿に詫《わ》びに行かねばと、本日こうしてここへ参った次第だ」

笙太郎は捕らえた泥棒と呂宋堂の助三郎を連れて、北川作兵衛に会い、懐剣の返金返品に応じるよう申し入れたことを打ち明けた。

「それはお手数をおかけ致しましたな。懐剣が戻ることを御仏にお祈りしよう」

鉄心が神妙な顔で合掌してから、こう続けた。

「それにしても、あの北川という侍、用心深い性質《たち》と見えて、帰りはこっそり裏口から出て行った」

おそらく作兵衛は深編笠に尾けられていることに気づいていたのだ。

「ご住職は、その北川なる御仁が帰ると、すぐその足で、こちらに来られたのですか」

「いや、蔵の中を今一度検めてから参ったのだ。それが何か」

「いえ、べつに」

笙太郎は惚けた。

もし、深編笠の狙いが懐剣に関わることであるならば、北川を見失った後に鉄心の跡を尾けてきた可能性がある。その懸念が過ったのだ。

先に寺の様子を見に行けばよかったと少し悔いた。

久右衛門は表情を引き締めて鉄心に膝をにじった。

「実はの、鉄心。諸々をいよいよ笙太郎に打ち明けようとしていたところなのだ」

久右衛門の言葉を聞いた鉄心もまた、これまでとは打って変わって真剣な眼差しに変わった。

「これから奥様をお貰《もら》いになるというのに、申し訳ないことを致した」

鉄心は、久右衛門がこれから語ろうとする内容を察したようだ。

一方、笙太郎は置いてけ堀だ。訝りながら、久右衛門の言葉を待った。

久右衛門は再び笙太郎に向き直ると、背筋を伸ばして気息を整える仕草をした。

自ずと言葉を待つ笙太郎の背筋も伸びた。

「笙太郎、あの懐剣は、その方を産んだ実の母の形見なのだ」

実の母の形見——思いもかけない言葉だった。

久右衛門が静かに遠い日を語り始めた。


今から二十三年前——

三十路《みそじ》を越しても子に恵まれなかった久右衛門と多恵は、折節に江戸のあちこちの社寺に足を運んでは、子が授かるよう願を掛けていた。

それは、秋の日差しが柔らかな日だった。

その日、久右衛門と多恵は市谷左内坂に近い誠心寺に向かっていた。その寺の境内に霊験あらたかな「子安地蔵」があるとの評判を聞いて、縋《すが》るような気持ちで足を急がせたのだった。

漸《ようや》く誠心寺の石段の麓《ふもと》まで辿《たど》り着き、ふたりが石段を振り仰いで上ろうとした時、何処からか女の呻《うめ》き声が聴こえた。

「あの辺りだな」

耳を澄ましていた久右衛門が石段の脇に聳《そび》え立つ大楠《おおくすのき》の古木を指差した。

ふたりは石段を急いで駆け上った。

すると、古木の根元にまだ十七、八のうら若い女が倒れていた。その身形《みなり》と帯に挟んだ懐剣から武家の出とわかった。しかも身重、それも臨月と見えた。女の顔は血の気が引いて蠟《ろう》のように白く、額には玉のような脂汗が噴き出していた。息遣いも荒く、身を捩《よじ》って呻いていた。

「これはいかん。人を呼んで参る」

その女を一目見て一刻を争うと感じた久右衛門は石段を一気に駆け上ると、寺から男手と戸板を用意して戻った。

女を戸板に乗せて寺に運び込み、取上婆《とりあげばば》も呼んだ。

間もなく女は子を産んだ。生まれたのは男女の双子《ふたご》だった。だが、産声《うぶごえ》は一つしか上がらなかった。男児は無事だったが、女児は死産だった。

一時は母体も危ぶまれたが、女は生きる力を取り戻して、その手に吾が子を抱くことができた。そして、男児には「笙《しょう》」、儚《はかな》くもこの世に生を享《う》けられなかった女児を憐れみ、せめて名前だけでもと、「琴《こと》」と名付けた。

子に命名して安堵したのか、女の容態がにわかに悪化した。急変に慌てた久右衛門と多恵が女に色々と尋ねたが、その身許についてはとうとう何一つ語らぬまま、女は帰らぬ人となった。

残された手掛かりは、帯に挟んだ桜色の錦の袋に納められた懐剣だけだった。

鉄心が女と女児の亡骸《なきがら》を手厚く弔《とむら》い、裏の墓地に埋葬し、墓標を建てた。墓標には「琴」と「琴の母」と墨書された。

後日女の親戚縁者が女の行方を捜しに来た時のためにと、唯一の手掛かりである懐剣は鉄心が預かり、久右衛門と多恵は生まれたばかりの男児を家に連れ帰り、女の親戚縁者が現われるまで世話をすることにした。

だが、一月経ち、三月経っても、女の身寄りは誰一人として現われなかった。

久右衛門と多恵がいくら問いかけても、女が身許を口にしなかったのは、いかなる事情があるにせよ、余程の覚悟の上のことと察せられた。

『これも神仏のお導き、前世の縁に違いない』

久右衛門と多恵は、鉄心の勧めもあり、男児を貰い受けて正式に自分たち夫婦の子として育てる決心をした。

叶家は低禄とはいえ武士。笙の一文字では武士の名に馴染まないと考え、笙の下に太郎を付けたのだった。

すべてを語り終えた久右衛門が、こう続けた。

「時期が来ればすべてを打ち明ける存念であった。その時期とは、その方が妻を娶《めと》る時だ。そして、その方の妻となる者にあの懐剣を与えたかったのだ。その方を産んだ母の形見の懐剣を、な」

久右衛門の慈愛に満ちた言葉に、熱いものが込み上げた。それでも、自分でも不思議なほど胸の内は穏やかだった。

久右衛門と多恵が実の父母ではなかったという衝撃は少なからずあったが、それ以上に、その事実を胸の内に秘めながら、実の子として今日まで慈《いつく》しみ育ててくれたことへの感謝の気持ちが優《まさ》っていた。

「父上、よく話してくださいました」

筌太郎は一礼すると、すっくと腰を上げた。

「如何致した」

訝る久右衛門をよそに、筌太郎はそのまま部屋を出た。再び部屋に戻った時、筌太郎はその手を引くようにして多恵を連れてきた。

「母上、さ、どうぞそちらへ」

笙太郎は、多恵に久右衛門の隣に座るよう勧めた。

多恵は事情がわからぬまま、久右衛門と鉄心の顔を交互に見た。すると、久右衛門の目に光るものがあり、鉄心が感慨深げな視線を多恵に向けるので、漸くすべてを察したようだ。

「笙太郎に打ち明けたのですね」

静かに言った多恵に、久右衛門が労《いたわ》るような眼差しを向けて頷いた。

二人が居並ぶのを見届けると、笙太郎は居住まいを正し、手を突いた。

「父上、母上、今日まで私をお育てくださり、心より御礼を申し上げます」

笙太郎は深々と頭を下げた。

「笙太郎……」

多恵の目に光るものがある。

「ご住職にも大変お世話になりました、ありがとうございます」

笙太郎は鉄心にも丁重に辞儀をした。

「ご立派になられましたな」

鉄心もしみじみと笙太郎を見て、目を潤ませた。

久右衛門は肩の荷が下りたのか、去来する思いのあれこれを嚙《か》みしめるように両の膝頭を何度も叩いた。笑いながら叩き、叩きながら泣いていていた。

父母の慈愛に包まれて生きてきたことを、笙太郎は改めて噛み締めた。

笙太郎は鉄心に膝をにじった。久右衛門の話でひとつ疑問があったのだ。

「ところで、ご住職。今日までの二十数年もの永きに亘《わた》り、私はご住職にお目にかかった記憶がないのですが」

「笙太郎さんが物ごころつくまでは、折節に、その成長ぶりを拝見した。だが、それからは……。それ故、先日寺に来られた時も、笙太郎さんだとはまったくわからなかった」

それも、時が至るまで出生の秘密を笙太郎に悟らせないための鉄心の心遣いだったのだろう。

「そうでしたか。遠くから見守っていてくださったのですね。ありがとうございました」

笙太郎が再び頭を垂れると、鉄心は静かに首を横に振った。

今でも、久右衛門と多恵が連れ添って誠心寺に参るのは、茶飲み話で近況や昔話やらを鉄心と語り合っていたのだろう。そして、近頃の話題には笙太郎の見合い話なども出ていたようだ。

「長い歳月を経て、こうして再びお近づきになれたのは、喜びの反面、戸惑いもあり、複雑な気持ちだ」

鉄心の正直な思いは、そのまま筆太郎の気持ちでもあった。

「然《しか》るべき時期まで秘すべきことだったというのに、それが、あのこそ泥のお蔭でこのような形で明かすことになり、本当に面目ない……」

「いいえ、ご住職。あの者のお蔭で私はご住職と出会い、真実を知ることができたのです」

筆太郎は、人生の不可思議を改めて噛みしめた。

「左様な心優しいことを……。この生臭坊主の立場がないではないか」

鉄心が目許に手をやった。

「大事な物を見せねばならぬ」

そう言って奥に引っ込んだ久右衛門が錆《さ》びた手文庫を提げて戻った。錠を開けて、中に収められていた物を筆太郎に手渡した。

それは、二つに折り畳まれた二枚の小さな紙片だった。

久右衛門と多恵の眼に促されて、筆太郎は訝りながら一枚目の紙片をゆっくり広げた。

歳月を経て古びた紙片には、流麗な女文字で、こう、綴《つづ》られていた。

命名　笙

「母の手じゃ」

久右衛門がしみじみと告げた。

笙太郎は二枚目の紙片を広げた。

命名　琴

とあり、名前の左下に「さきのよにて」と書き添えられていた。

「さきのよ、にて……」

笙太郎は低く声に出して読んだ。

「さきのよ」とは来世のことをいう。

亡き母は自身の命の儚いことを悟っていたのだろう。この世に生を享けられなかった娘、琴との「さきのよ」での再会を夢見ていたのか。

遠い日を思い出して感極まったのか、多恵が手で顔を覆《おお》った。

笙太郎に、いつかの不可思議な感覚が甦った。

それは、誠心寺から懐剣を盗んだ泥棒を追いかけた日。寺の石段の脇に聳え立つ大楠の古木を初めて振り仰いだ時に味わった感覚――。

あの時、初めて訪れたにもかかわらず、何故、懐かしい気分に包まれたのか、その理由が、今やっと、わかった気がした。

「立派な錦の袋に納められた懐剣といい、その身形といい、あの女性《にょしょう》は何れかの名のある武家の出であろう。如何なる仔細あって、わが寺に辿り着いたのであろうか」

鉄心がしみじみとした口調で思い起こした。

「そして、私を生んだ母の身許はわからぬまま、今日に至ったのですね」

笙太郎は感慨深く呟いた。

だが、口にした言葉とは裏腹に、笙太郎の胸の内には、母は若生家所縁《ゆかり》の人物なのではないかという思いが強く湧きあがっていた。

下駄を鳴らして外に出ると、陽は西に傾き始めていた。

笙太郎は、胸に込み上げる熱い感慨を逃すまいと、胸を両手で抱えるようにして屋敷を出た。

久右衛門と鉄心は、久し振りに酒を酌《く》み交わす算段をしていた。肩の荷を下ろせたような、はろ苦くもあるような、そんな酒の味になると思われた。

笙太郎は出がけに若い門番に訊いた。

「深編笠の武士が来ませんでしたか」

「はい、叶久右衛門様を訪ねて誠心寺の住職が来た直後に」

「その武士に何か訊かれましたか」

「住職は誰を訪ねてきたのかと訊かれました。何でも誠心寺が家の菩提寺《ぼだいじ》だとか申しまして」

「なるほど、それで父上の名前を教えたのですね」

「申し上げてはいけませんでしたか」

「いいえ、構いませんよ」

笙太郎は笑って、不安そうな門番を安心させた。

若生家の用人、北川作兵衛を尾行した深編笠の武士は、久右衛門の名と、久右衛門と誠心寺の住職、鉄心とが親密な間柄であることを掴んだ。

その事実を知って、笙太郎はわずかに緊張した。

張り詰めた気持ちを胸の奥にしまい、笙太郎の足はある処に向かっていた。胸が切なく、熱い。会いたい気持ちがどうしようもないほど高まっていた。

四

笙太郎は、誠心寺の石段の麓に立った。

目の前に聳え立つ大楠の古木の片側が、西陽を浴びて赤く染まっている。

木々の間を縫って射し込む幾筋もの柔らかな光の帯が、石段の上に蜜柑《みかん》色の縞《しま》模様を映し出していた。

笙太郎は横顔を照らす陽の温《ぬく》もりを感じながら、ゆっくりと石段を上った。古木の近くまで来ると、石段を踏み越えて根元に寄った。木肌に手を触れて、静かに語りかけた。

「聞こえますか、琴」

すると、風もないのに、さわさわとそよぎ始め、枝葉の隙間が煌《きら》めいた。

「来てくれたのね、笙兄さん」

琴だった。

「琴の姿が見たい」

「目を閉じて」

琴に言われるままにそっと瞼《まぶた》を閉じた。木肌に触れた掌に、木の幹の中の熱い血潮のような流れと、力強く脈打つ命の鼓動が伝わって来た。

やがて――笙太郎の脳裏に若い女の姿が像を結び始めた。ゆっくり目を開けると、目の前に眩《まぶ》しい笑顔があった。それは三途の川で出会った娘で、髪を後ろで束ね、あの時と同じ丈の短い着物を着ている。

「琴」

「笙兄さん」

「やはり、あの時の娘は琴だったのですね」

笙太郎は琴を感慨深く見つめた。

「だが、琴はどうしてその姿なのでしょうか」

琴の身形は少なくとも武家のそれではなく、町娘のような軽やかな山で立ちである。

「さあ。母さんが十七で亡くなったからかも知れない」

「そうか、そういうことですか」

笙太郎は勝手に得心して、思わず声が高くなってしまった。

「きっと母上の願いが、今の琴の身形となって表れているのです」

「母さんの願い？　どうしてそう思うの？　笙兄さん」

琴に真顔で訊かれて、笙太郎はこう答えた。

母は、生まれた吾が子に「笙」と「琴」と名付けた。

武家の出である母はなぜ、そのような武家に馴染まない名を付けたのだろうか。

母はなぜ、最期まで身許を明かそうとはしなかったのか。

それは、母の心が武家を捨て去っていたからではないだろうか。

母は、生まれた子には、武家ではなく町人として生きて欲しいと願っていたのではないだろうか。

そう考えると、琴がなぜ町人の身形をしているのか、納得できる気がするのだ。

「いい名前をもらったね、私たち」

琴の言葉に、笙太郎も素直に頷いた。

「それにしても、琴は、お俠《きゃん》な娘ですねえ」

「ふふふ」

「私の上役の髷《まげ》に悪戯《いたずら》したり、千春さんにちょっかいを出したり、神主に悪さをしたり、どれもみな、琴の仕業《しわざ》ですね」

笑って肩をすくめる琴の仕草は、まぎれもなく十七歳の娘の可愛さだった。

「三途の川から追い返してくれたのも、琴ですね。感謝しています」

筐太郎は思い出して、一つ手を打った。

「それから、猫。猫に何かちょっかいを出したでしょう。骨董屋の呂宋堂を見つけたのも、いまにして思えば、猫の鈴の音に誘われてのことでした」

「筐兄さん、頭いいです」

「お世辞を言っても何も出ませんよ。しかし、今になって何故……」

筐太郎は慌てて語尾を呑み込んだ。

不用意に口を突いて出た言葉におののいた。

今になって何故——その後に続けようとしたのは、「琴は筐太郎の前に現われたのか」という疑問だった。

だが、実のところは、薄々だが勘づいていた。あの懐剣のせいではないか、と。

二十年以上もの長い歳月、誠心寺の蔵の中で静かに眠っていた懐剣が、心ない泥棒のお蔭で世の中に現われる羽目になった。いつしかその懐剣を巡る奇妙な渦の中に巻き込まれていた。その結果、笙太郎は己《おのれ》の出生の秘密を知ることになったのだ。

「琴はそうなることがわかっていた。だから、私のことを案じて現われてくれたのですね」

「やっぱり、頭いいです、笙兄さんは」

笙太郎は顔を曇らせ、敢《あ》えて聞きにくいことを口にした。

「琴も、つまり、幽霊なのですね」

「そう。手鏡に映してみても、手桶の水に映してみても、何も……。仮に映ったとしても、あたしには自分の顔も姿も見えないのよ」

琴はあっけらかんと喋《しゃべ》ったが、その後でふっと顔が曇った。

その悲しげな目を見て、笙太郎は慌てた。

「すまぬ、口に出すべきではなかった、すまぬ」

笙太郎は詫《わ》びた。

「いいのよ、笙兄さん。だって、本当のことなんだもの」

本当のこと——笙太郎は胸を詰まらせた。

「笙兄さん……」

琴の優しい声に、笙太郎は鼓舞された。

「もしかして、この世には、目に見えぬ幽霊が其処彼処《そこかしこ》にいるのですか」

「笙兄さん、さっきから幽霊、幽霊って。何か嫌だな」

琴は悪戯っぽく膨《ふく》れっ面《つら》を拵えてみせた。

「確かに、十把一《じっぱひと》からげで幽霊と呼ぶのは、冷たい響きがありますね」

何か良い呼び方はないだろうか。

笙太郎の脳裏に、亡き母が書き残した命名の紙片が浮かんだ。「琴」の脇に書き添えられていた「さきのよにて」という言葉を思い出したのだ。

「琴は、さきのよの者ですから、〈さきのよびと〉。どうですか」

「〈さきのよびと〉、いいね」

「いいでしょう。なかなか響きがよい。第一、温かい。我ながらなかなかいい思いつきだな」

身を乗り出して言い、笙太郎は悦《えつ》に入った。

ふと、亡き母を思った。

「母上が私の前にお姿をお見せにならないのは、この世に心残りがないということなのですね」

「母さんはきっと、笙兄さんが元気でいるのを知って、安心しているのよ」

――母上はあの空の何処かから、この私を見守っていてくださったのですか。

　笙太郎は空を見上げた。

　茜雲《あかねぐも》が浮かんでいた。空の彼方に母を探した。

「笙兄さん……あの人の力になってあげて」

　琴がいきなり話題を変えたので、笙太郎は戸惑った。

「あの人……誰ですか、あの人とは」

「仙太郎《せんたろう》さん。笙兄さんが尾張町や竹川岸で見かけた人」

「何だって。あの覗き男の力になれと琴はいうのですか」

「悪い人じゃないのよ」

　笙太郎が色よい返事をしないでいると、笙太郎の袴の裾がふんわりと百姓の野良着のように膨らんだ。

「止《よ》さぬか、琴」

　笙太郎が琴の悪戯を軽くたしなめると、琴は肩をすくめて両手を合わせた。

「琴はどうしてそこまであの覗き男に肩入れするのですか」

「それは、笙兄さんが自分で確かめて。ね、頭のいい笙兄さんのその心の眼で」

「心の眼だなんて、琴は上手に人を乗せますねえ。琴がそこまで言うのであれば仕方ありませんか……」

「引き受けてくれるのね、ありがとう」

琴と出会って、もっとよく琴を知りたい、そのために何かしたい、そんな気持ちが働いたのも、琴の頼みを引き受けた理由の一つだった。

「笙兄さんのその眼と心でよく見てあげて、お願いよ」

さわさわと揺れた木々が静かになると、琴の姿が消えた。

「琴……」

笙太郎の脳裏からも琴が消えた。ゆっくりと目を開けた。古木に手を触れたままの自分がいた。随分長い間琴と話していた気がするが、一瞬の夢だったのかも知れない、そんな気もした。

琴の息遣いがまだ残るような木肌から、そっと、手を離した。

そして、琴と母の墓参りをしようと、西陽が傾いて暗くなった石段を上り、寺の裏手の墓地に向かった。

墓石が林立する広い墓地の中を、墓標を探して歩き回った。すると、墓地の中程の、通り道が交わる辻《つじ》に、その墓標はあった。歳月を経て墓標の木肌は黒ずみ、「琴」と「琴の母」の文字は、風雨に晒《さら》され、消えかかっていた。

笙太郎は墓前に腰を屈めて、瞑目《めいもく》、合掌した。

その時、生温《なまぬる》い風のような気配を感じて、目を開けた。

近くの墓石の上にいつかの覗き男が腰をかけて、両足をぶらぶらさせていた。

「へへへ」

照れ隠しのつもりか、おどけた顔で頭を掻いている。

「出ましたね。こら、罰あたりな真似は止さぬか」

笙太郎がたしなめると、男は慌てて墓石から飛び降りて、笙太郎の前にちょこんと正座した。

「妹さんには大変お世話になっております。心より御礼を申し上げます」

まるで噺家《はなしか》口調である。

「日本橋は新和泉町《しんいずみちょう》の砂糖問屋、加賀《かが》屋の跡取り息子、仙太郎と申します。あっ、死んで跡は取れなかったんだから、跡取り息子はおかしいか、へへへ」

仙太郎は、噺家がするように、手にした扇子《せんす》で額を叩いておどけた。

琴に頼まれたものの、この仙太郎ののらりくらりした話に付き合っていると、覗きの一件の腹立たしさも相俟《あいま》って、つい、刺《とげ》のある口調にもなる。

「身許はわかった。それで、お前さんの未練、心残りは何ですか。先日は、何やら色恋沙汰のように言っていましたが」

「ま、一言で言ってしまえば、女道楽が過ぎて勘当になり、落ちるところまで落ち、落ちた序でに、川にはまって死んじまった、ってなわけで」

「身から出た錆《さび》ですか」

「旦那《だんな》、そんな冷たいこと仰らずに」

「さきのよびとのお前さんに冷たいなどと言われる筋合いはありませんよ」

「何ですか、その、さきのよ何とかっていうのは」

「さきのよびと、幽霊のことをそう呼びます」

「旦那、あたしと旦那の仲じゃありませんか、幽霊で構いませんよ、幽霊と呼んでやってくださいまし。何の話でしたっけ」

呆れている笙太郎のことなど斟酌《しんしゃく》せず、仙太郎は一つ手を叩いて続けた。

「おっと。嫌ですよ、旦那。幽霊が氷のように冷たいだなんて。安物の黄表紙ばっかり読んでいるからそんなことを仰るんです。冷たかなんかありゃしませんよ。ま、そんなことはどっちだって構やしないか」

「私は安物の黄表紙など読みません」

笙太郎がすげなくすると、今度は芝居がかって、眉根に皺《しわ》を寄せ、体をくねらせた。

「棄《す》てた女がいるんですよ。その女に一目会いたい、会って一言詫びが言いたい」

「幽霊ならば神出鬼没ではないのですか？　詫びたい女のところでも何処へでも、好きに飛んで行って、気が済むまで詫びてくればよいではありませんか」

「困るんだよなあ、みんな、そんなふうに思っているんだから。幽霊が神出鬼没というのも旦那の誤解。そんなことができたら、苦労はしませんよ旦那」

「何をそんなに威張《いば》っているのですか、お前さんは」

笙太郎が呆れ半分になると、仙太郎はしょんぼりと肩を落とした。

「いきなり、どぼんで、あの女にさよならの一つも言っていないんですよ。可哀想なもんじゃありませんか」

「今度は泣き落としですか」

「前に住んでいた長屋にいないんですよ。旦那、女の、小夜《さよ》の行方を捜しちゃくれませんか、この通りです」

　仙太郎は手を合わせた。

　女の名前は小夜というのか。それにしても、幽霊に手を合わされるというのも妙な気分である。

　つい先程までは、岑の頼みとはいえ、仙太郎のことなど気が進まなかった。ところが、このままこの男を捨て置くわけにはいかないという気持ちに変わっていた。

　なぜか。

　それは、仙太郎の言葉が妙に心に懸かったからだ。

「さよならの一つも言っていない」という言葉が——

第四章　袖時雨《そでしぐれ》

一

次の日、筆太郎は浅草田原町にある口入屋「藤屋」を訪ねた。

千春も内職を斡旋《あっせん》してもらっているこの店に来たのは、仙太郎から捜してくれと頼まれた女、小夜がここで内職を斡旋してもらっていたと、鳥越《とりごえ》の甚助《じんすけ》長屋の女房から聞いたからだった。

小夜は三年ほどまえに甚助長屋を出ており、長屋の者は誰もその行く先を聞いていなかった。ただ、小夜が内職の仕事をもらっていたのが藤屋だと覚えている者がいたのが幸いだった。

この藤屋の主《あるじ》ならば小夜の引っ越し先を聞いているかも知れないと踏んで、やって来たという訳だ。

千春と初めて町歩きをした日、内職を納める千春に同行した。あの日千春は店の主にからかわれて顔を真っ赤に染めていた。

思い出し笑いをこぼしながら暖簾《のれん》を分けようとした時、出合い頭《がしら》に鉢合わせした人物を見て、目を疑った。それは風呂敷包みを抱えた千春だった。

「千春さん」

千春も息を呑《の》んで蹈鞴《たたら》を踏んだ。しかし、すぐに逃げるように行こうとした。

「待ってください」

筆太郎は追いかけて千春の腕を摑《つか》んだ。

「何故《なぜ》、私を避けるのですか」

「先日申し上げたはずです、縁談はなかったことにしてください」

「いいえ、私はなかったことになど致しません」

筆太郎が千春の手を放して優しく言うと、千春がまじまじと筆太郎を見つめた。

「すぐにも屋敷に伺いたかったのですが、あれから色々とありましてね」

千春の目がわずかに泳いだ。

「千春さん、あれは濡《ぬ》れ衣《ぎぬ》です。信じてください」

「七夕の晩、何かご様子がおかしいとは思いました。でも、私は信じております」

「ありがとう、千春さん」

「ですが、あのお話はどうぞお忘れくださいまし。ごめんくださいまし」

千春は笙太郎を振り切って駆《か》け出した。

「千春さん」

笙太郎は立ち尽くして、千春を見送るばかりだった。

「あたしのことで仲を裂《さ》いたんでしたら謝ります、すみません。しかし、いい女ですねえ、もったいない」

向かいの家の庇《ひさし》の上に腰かけて足をぶらぶらさせながら、仙太郎が鼻の下を伸ばした。

「うるさい」

笙太郎は、つい、声を荒らげてしまった。

ちょうどそこに、孫を連れた老夫婦が通りかかって、怖い顔で睨《にら》まれた。老夫婦は孫の小さな背中に手を回して、逃げるように行ってしまった。

泣き喚《わめ》いていた孫を笙太郎が叱《しか》り飛ばしたと誤解したようだ。

誤解されたまま店に入って小夜の行方を訊《たず》ねた。その結果は、笙太郎の予想通

りで、小夜の今の住まいを聞き出すことができた。

「小夜の居場所は聞いての通り、深川冬木町《ふゆきちょう》のくらがり長屋だ、行くぞ」

筌太郎が、店内の水屋の上に腰かけて足をぶらぶらさせている仙太郎に向かって手招きすると、店の主が気味悪そうな目で筌太郎を見た。

早足で四半刻（約三〇分）ばかり歩いて、深川冬木町のくらがり長屋に辿《たど》り着いた。ここで小夜が暮らしているはずだ。

「なに、この饐《す》えた臭いは。貧乏くさい臭いがぷんぷんして、帰りたくなっちゃった」

仙太郎はぶつくさ言いながら、両袖を摑んで奴《やっこ》さんのように揺らしながら従《つ》いて来た。きっと、生きている間もそうしていて、その癖《くせ》は幽霊になっても抜けないのだろう。

仙太郎の言ではないが、ここは、汚くて貧しさが染み付いた、〈吹き溜まり〉という言い回しがぴったりの裏長屋だ。

「やだ、やだ。こんな汚い長屋でお小夜は暮らしていたのか、みじめだなあ」

仙太郎が情けない声を上げた。

そこへ、奥の井戸端の方から、姉《あね》さん被《かぶ》りをした若い女が洗濯桶《おけ》を抱えてやっ

て来た。

「お小夜」

仙太郎が小夜と呼んだ女は、小柄で細身だが、目許口許に芯《しん》の強さを滲《にじ》ませており、暮らしの貧しさに負けぬ逞《たくま》しさが感じられた。

「お小夜……」

仙太郎は、そろそろと、それこそ幽鬼のような力のない足取りで小夜に近づいて行った。

その時、ある棟の腰高障子《こしだかしょうじ》が開いて、まだ三つくらいの愛くるしい女の子が顔を覗《のぞ》かせ、表に駆け出した。

「走ったらあぶないよ、お花《はな》」

小夜が声をかけた途端、お花と呼ばれた女の子が躓《つまず》いて転んだ。

「それ、ごらん」

小夜は洗濯桶を物干の前に置くと、笑顔でお花に駆け寄った。泣きじゃくるお花を抱き起こして、優しく着物の泥を払ってやった。

「痛いの痛いの、飛んでいけ」

小夜が擦《す》り傷を拵《こしら》えたお花の膝におまじないをした。

「まだ痛い？」

「もう痛くない」

お花は首を横に振って泣き止《や》むと、目元をごしごしやった。

「お利口さんだね、お花は。さあ、気をつけて遊んでくるんだよ」

小夜は優しくお花の背を押して見送ると、物干の前で洗濯物を干し始めた。

――小夜は子持ちだったのか。

子持ちの女を好くとは、頼りなさげに見えて、存外、肝が据わっているではないかと、いくらか仙太郎を見直した。

だが、大店《おおだな》の跡取り息子ともなれば、子持ちの女との仲には、家の強い反対があったのかも知れない。

「仙太郎、小夜に詫《わ》びに行こうか。だが、如何《いか》にしてお前さんのことをわからせるかだが」

筆太郎が思案を巡らせながら仙太郎を振り返ると、なにやら不貞腐《ふてくさ》れたような顔で横を向いている。

「何だか詫びる気持ちが萎《な》えてしまいました」

仙太郎はすねた子供のように口許を尖《とが》らせていた。

「いまさら何を言っているのです、さあ」

「男ができていたなんて、思いもよらなかったなあ。しかも、子供までこしらえてさ」

仙太郎は、できるはずもないのに、そこらの小石を蹴ろうとした。

「何を言っているのですか。あのお花という子を含めて、小夜を好きになったのではないのですか」

「冗談じゃありませんよ、お小夜に子供なんかおりませんでしたよ、あたしとねんごろになった時にはね」

「それは妙ですね」

ふと、こちらを見ている小夜の視線に気づいた。

笙太郎は幽霊の仙太郎と話しているのだが、傍《はた》から見れば、裏長屋に似つかわしくない侍が路地に突っ立って独りでぶつぶつ言っているようにしか見えないのだ。小夜ならずとも薄気味悪く思うだろう。

「一先《ひとま》ず、ここを離れよう」

笙太郎は仙太郎に一声かけると、足早に路地を引き返した。

長屋にほど近い小さな稲荷神社をみつけた。ここで仕切り直したとばかり、笙

太郎は腕を組んで冷静に考えを巡らせた。

笙太郎は小夜とお花の母子を見て、仙太郎が子持ちの女を好いたのだと思った。

何故だろうか。

それは、仙太郎が死んだのは、一月か二月前のことだろうと思い込み、決めつけていたからだ。

その仙太郎は相変わらずの仏頂面《ぶっちょうづら》で、両の袂《たもと》で扇《あお》ぐような仕草を繰り返していた。その度に、狐《きつね》の赤い前掛けがひらひらと舞った。

今更とは思うが、肝心なことなので敢《あ》えて訊《き》くことにした。

「仙太郎、お前はいつ死んだのですか」

「いつ死んだかって？　さあ、それが自分でもよくわからないんですよねえ」

悪戯《いたずら》っ子のように遊んでいる仙太郎が淋しげな顔になった。

「ふざけている場合ではありませんよ」

「ふざけてなんかいません、本当にわからないんです」

語気を強めた笙太郎に、仙太郎も負けじと強く言い返した。

口応《くちごた》えをするのが初めてならば、こんな真剣な顔を見せるのも初めてだった。

——これは、本気だな。

ちゃらんぽらんな男だが、仙太郎の今の眼の色は信じていいと思えた。

「ここは一つ、直《じか》に訊いてみるしかないか」

筌太郎は独《ひと》り言を言うと、すぐにくらがり長屋に引き返した。

「小夜さん、おりますか、小夜さん」

小夜の棟の腰高障子を叩いた。

「どちら様ですか」

中から小夜の用心深い声が返った。

「私は秋草藩勝手方の叶筌太郎という者です。ちと訊ねたいことがあるのだ、ここを開けてくれませんか」

筌太郎が素姓を明かして待った。

すると、心張《しんば》り棒《ぼう》を外す人影が揺れた。腰高障子が細く開いて、小夜が用心深く顔を半分覗かせた。

「お大名のお武家様が、どういった御用でしょうか」

「仙太郎という者を知っていますね」

筌太郎は単刀直入に訊いた。

その途端、小夜が障子を閉めようとしたが、笙太郎は咄嗟《とっさ》に手足を戸の隙間に入れた。

「何をなさるのです」

小夜はさらに障子を閉めようと力を籠《こ》めた。

「小夜さん、教えてください、仙太郎はいつ死んだのでしょうか」

「おからかいですか、大声を出しますよ」

小夜が抗《あらが》うのを抑えて、笙太郎は続けた。

「からかってなどいません。これには訳があるのです。仙太郎はいつ死んだのか、どうしてもそれが知りたいのです」

笙太郎は、障子に額《ひたい》をくっつけんばかりにして訊いた。

「教えてください、仙太郎はいつ死んだのですか」

笙太郎は懸命に頼み込んだ。

ふっと、小夜の手の力が緩《ゆる》んだ。

「三年ほど前ですが……」

根負けしたように小夜がぽつりと打ち明けた。

「三年、三年ですね。ありがとう、小夜さん……」

笙太郎が障子からそっと手を離すと、小夜はことりと障子を閉じた。

——やはり、お花は仙太郎の子だった……。

笙太郎は障子の向こうの小夜に目礼すると、仙太郎の待つ稲荷神社に引き返した。ところが、いつしか昂《たかぶ》る気持ちが萎《しぼ》み、足取りも重くなった。仙太郎が死んだ時期を小夜から聞き出して、その手掛かりが得られたというのに……。

「三年前……あたしが死んだのは、三年も前だったんですか。知らなかったなあ」

笙太郎から話を聞いた仙太郎は、妙にしみじみとした口調になった。

「お前さんは三年も幽霊だったのですねえ」

笙太郎もしみじみと応じた。

もし、霊魂というものがあるならば、それは常に目覚めているのではなく、何かのきっかけで覚醒したり眠ったりするのかも知れない——笙太郎が暴れ馬に蹴られて川に落ち、生死の境を彷徨《さまよ》ったことで琴の魂《たましい》が目覚めたように。

「三年前に死んだのだとわかったら、もやもやしたものが晴れて、何だか生き返ったような気分です。あれ、生き返ったは変ですか」

仙太郎がおどけても、一緒に笑う気にはなれなかった。小夜の長屋を後にしてからの足取りの重みは、三年という時の重みだと気づいた。

しかし、理屈に合わないのだが、仙太郎の気持ちもわかるような気がした。

「旦那《だんな》」

仙太郎がいきなり素《す》っ頓狂《とんきょう》な声を張り上げた。

「それじゃ、あのお花という女の子は」

目も口も大きく開けたまま見つめる仙太郎に、筆太郎は大きく一つ頷《うなず》き返した。

「お前さんの忘れ形見に違いありません」

「なんてことだ……まさか、まさか、まさか、そんな……」

仙太郎は頭を抱えて狐の陰に屈み込んでしまった。その肩が震《ふる》えて、涙が頰《ほお》を伝った。

――幽霊も涙を流すのか。

いや、これも、そう見えるだけのことなのかも知れない。

しかし、これだけは言える。それは、仙太郎は今、小夜とお花の三年間に思いを馳《は》せて、無力だったこれまでの自分をさいなみ、悲しみに打ちひしがれている、ということだ。

「今のお前さんの気持ちを素直に伝えればよいのではないですか。さあ、今一度小夜の家に戻ろう」

笙太郎は仙太郎の傍《かたわ》らに片膝を突いて、励ました。

「旦那、ちょっと待ってください」

仙太郎が、立ち上がり歩き出した笙太郎の前に回った。

「どうしましたか。小夜の顔を見て、もう気が済んだのですか」

「とんでもない。旦那、お願いがあります」

仙太郎が真顔で改まった。

「金を用意してやりたいんです。お花が無事に大きくなるまでに不自由しないだけの金を」

「お前さんにどうやって金が作れるのですか」

「はい、あたしには逆立ちしたって、いえ、逆立ちなんてしてもしなくても、今の幽霊のあたしには一文の金だって作れやしません。ですから旦那、金を引き出してもらえませんか、あたしの実家に掛け合って」

「この期《ご》に及んで難しいことを」

笙太郎は呆《あき》れた。

「だって、旦那」

仙太郎は、役者が舞台を動き回りながら台詞《せりふ》を喋《しゃべ》るみたいに話し始めた。

「二年経てばあの子は五つ。寺子屋に通う年頃だ。通うとなれば筆と硯《すずり》が要《い》る、文机《ふづくえ》に算盤《そろばん》だって要りますよ。紅い鼻緒の下駄も欲しがるだろうし、綺麗なべべだって要る。べべは一枚じゃすみませんよ。着たきり雀《すずめ》じゃ、意地の悪い洟《はな》垂《た》れ小僧どもにいじめられて、泣いて帰って来るかもしれない」

「そこまで心配しなくてもいいのではありませんか、今は」

「いいや、裁縫だって習わせてやりたい。裁縫のできる女はつつましくていいや。つつましい女に男は弱いですよ。そうこうするうちに、年頃になって、いよいよ祝言《しゅうげん》だ」

仙太郎はそこで、ぽんと、音高く手を打った。

「お前さんの妄想には際限がありませんね」

「ふたりの暮らしを助ける金を渡してやりたいんです。でなきゃ、とてもあのふたりに合わす顔がありません」

「合わす顔は元々ないでしょうに」

「揚げ足を取らないでくださいまし」

「幽霊には取る足もないでしょう、と言いたいところですが、足はありますか」

「また、それだ。冗談は止《よ》してくださいよ旦那、こっちは忙しいんですから」

「私だって暇ではありませんよ」

筌太郎が溜め息まじりに言うと、途端に、しなびた野菜みたいに仙太郎はしおれて、しょげた。

「相すみません。とにかく、金が先。謝るのはそれから。旦那、この通り」

仙太郎は拝むように手を合わせた。

「お前さんの父親に、幽霊の息子から〈かくかくしかじか〉頼まれたので金を用意して欲しいと、私にそう言えと言うのですか」

「旦那ならできますよ」

仙太郎は毎度の軽い調子でへらへらと、筌太郎の肩を叩く仕草をした。

筌太郎は呆れて開いた口が塞《ふさ》がらない気分だ。

怖いもの見たさは誰にもあるだろう。だが、幽霊など、所詮《しょせん》は戯作《げさく》の世界の話だと多くの者はそう言うに違いない。幽霊が見えるのだなどと言ったところで、見世物小屋の呼び込みの口上より信じてもらえないだろう。

ふと、通りすがりの者が一様に気味の悪そうな顔をして筌太郎を見ていることに気づいた。傍から見れば、いい人人の男が独り言を言っているとしか見えないのだ。まったく、幽霊と話ができるのも困ったことだ、ついつい、一人であることを忘れてしまう。お蔭でおかしな侍だと白い目で見られてしまうのだ。

　笙太郎はそそくさと稲荷神社を後にすると、仙太郎に言った。

「これから新和泉町のお前さんの実家に乗り込みます」

「おっと」

「新和泉町に着くまでに、お前さんのことを洗い浚《ざら》い聞かせてくれ。よいな」

「合点承知」

　これから、父親から金を引き出そうというのに、仙太郎はまるで物見遊山《ものみゆさん》にでも出かけるように浮き浮き気分だ。

　笙太郎が何故、仙太郎のことをよく知りたいのか、その真意などには一向に無頓着《むとんちゃく》、好いた女の名前をいろは順にずらりと並べて、一人一人の出会いと別れの顚末《てんまつ》を喋り続けて、笙太郎をうんざりさせた。

　新和泉町の通りに面して、見事に上がった卯建《うだつ》が一際目を惹《ひ》く、総格子《こうし》造りの大店がある。間口十間（約一八メートル）を誇る砂糖問屋の加賀屋である。加賀屋は薬種問屋も兼ねており、屋号の通り、加賀前田《まえだ》家の江戸屋敷に出入りを許されているほか、尾張徳川家や薩摩島津家にもお出入りが許されている有力商人である。

笙太郎は思い切って両手で暖簾を割って、店内に足を踏み入れた。

「いらっしゃいまし」

番頭が出迎えると、その声に呼応して店内の其処彼処《そこかしこ》から威勢のいい声がかかった。

笙太郎は、仙太郎がついてこないのに気づいた。引き返して、片手で暖簾を割って表を見回した。

仙太郎は中空にふわふわと浮いていた。

「如何《いかが》致した。この期に及んで、まさか父親に会いたくないなどと」

「違います、あれ、あれですよ」

仙太郎は、宙に浮いたまま丑寅《うしとら》の方角に体を傾けた。そうやって格子の隙間から店の中を覗き込むようにして指差したのは、柱のあちらこちらに貼られている厄除けの御札と壁に飾られた破魔矢《はまや》だった。

そのせいで店の中に入れないのだという。御札や破魔矢とはそんなに霊験あらたかなのかと、笙太郎は妙な感心をした。

「どなたか、お連れ様でございますか」

「いや、私一人だ」

笙太郎のその言葉を聞いた途端、それまで愛想の良かった番頭の眼が、胡散臭《うさんくさ》そうな目の色に変わった。

「手前は当店の一番番頭を仰《おお》せつかっております。失礼ですが、どちら様でございましょうか」

笙太郎は藩名と姓名を名乗った。

「ありがとうございます。歴《れっき》としたご家中が、どのようなご用件でございましょうか」

「詳細は直《じか》に主に会って話をしたいのだが、仙太郎殿のことで、と伝えてくれ」

「お亡くなりになった坊っちゃまの……。暫《しばら》くお待ちくださいまし」

番頭は顔を強張《こわば》らせて、そそくさと奥に引っ込んだ。

──まいりましたね。

笙太郎は心の中で呟《つぶや》いた。どうせ、強請《ゆす》り集《たか》りの類《たぐい》と思われたに違いない。

暫く待たされたのち、奥まった静かな客間に通された。装飾を一切排した茶室のような部屋である。

程なくして、身形《みなり》はいいが、鬼瓦《おにがわら》のような面相の巨漢が姿を見せて、廊下に手を突いた。

「当、加賀屋の主の小兵衛《こへえ》でございます」

主は慇懃《いんぎん》に名乗った。所作や言葉遣いは丁重だが、その筋の者と言われても誰もが納得するような迫力が伝わってくる。

「忙しいであろう、すまぬな、いきなり押し掛けて参って」

筌太郎は軽く会釈《えしゃく》を返した。

小兵衛は商人らしく身を屈めるようにして下座に着いて、改めて手を突いた。

筌太郎も改めて名乗った。

「早速でございますが、お武家様と息子の仙太郎とはどのような間柄だったのでございましょうか」

「実は見ず知らずだったのですが、いきなり私の前に現われてあれこれ無理難題を言うのです」

「お武家様に無理難題を。はて、それはいつのことでございますか」

「つい先程だ、こんな風に奴さんの真似をしてな」

笙太郎は、仙太郎がいつもしているように両の袖口を摑んで揺らしてみせた。

「お戯《たわむ》れを。仙太郎は三年も前に亡くなっております」

言い終えた小兵衛は笑みを湛《たた》えているが、その両の眼は凄味《すごみ》を帯びていた。

笙太郎もここで怯《ひる》むわけにはいかず、負けじと目を逸《そ》らさないでいる。

「川にはまって、でしたね。それでは、私が仙太郎殿の幽霊に会ったなどと言っても、信じられないでしょうね」

「幽霊ですと？　お戯れも大概《たいがい》になさいましと申し上げておりますよ」

小兵衛の顔から笑みが消えた。

「どうやらこの私は強請り集りの類と思われているようですね。町人ならば今頃はきっと腕っ節の強い若い衆によって裏口から叩き出されているのが落ちかも知れません。しかし、私は武士の身形をしている。また、秋草藩江戸屋敷の叶笙太郎とも名乗っている。軽輩とはいえ大名家の家臣、江闊《りかつ》に手荒な真似はできない。この間にも、誰かを藩邸に走らせているかも知れませんね。そして、素姓に偽りありとわかれば直ちに町奉行所に通報するおつもりかも知れません。無理もありません」

笙太郎が小兵衛の対応をつぶさに読むものだから、小兵衛も渋い顔で聞いている。

「小兵衛殿、これから私が申し上げることを、どうか、笑わずに聞いてもらいたいのです」

だが、小兵衛は堅く口を結んで横を向いた。

「困りましたね、どうしたら信じてもらえるのでしょうか」

小兵衛が奥に向かって強く手を叩いた。

「はい、ただいま」という声がして、女中が茶菓子を運んで来た。

「失礼致しますよ」

茶菓子と入れ替わるようにして、小兵衛は座を外した。

笙太郎は遠慮なく饅頭《まんじゅう》を口に運んだ。

藩邸に調べにやった者が帰るのを待つつもりだろう。

出された饅頭三つを平らげてしまい、所在なく時を過ごしていると、廊下に小刻みな足音が聴こえた。目を上げると、見覚えのある男が渡って来て、廊下に手を突いた。

「叶様、八幡屋でございます」

「おう、真吉ではないか。この間はすまなかったな」

真吉は味噌醤油問屋「八幡屋」の番頭である。過日、納戸方の新参者が味噌と醤油を過剰に発注する失敗をしでかし、無理を言って引き取ってもらった。

「だが、真吉、どうしてここに……。わかりました、私の首実検役ですね」

「さすがは叶様、察しがお早い」

そう言うと、真吉はこの場に来たことを縷々《るる》語り始めた。

秋草藩江戸屋敷の門前で、顔見知りの加賀屋の手代とばったり会った。訳を訊くと、手代は笙太郎の素姓を確かめに来たのだという。さらにその訳を訊くと、加賀屋に叶笙太郎と名乗る侍が来ているのだが、それが正真正銘の本人なのか、あるいは強請り集りの浪人者なのか、それを確かめに来たのだと、手代は答えた。

「叶笙太郎様ならば確かにこのお屋敷のご家中で、私も日頃大変お世話になっているのだと申しますと、藩姓名など、騙《かた》って成り済ますことができると手代は申します。そこまで言うのならば、これから手前がお店に行ってそのお武家様のお顔をお確かめ致しましょうと、こうして参りました次第でございます」

「忙しいであろうに、つまらぬことに巻き込んでしまい、すまなく思っています。真吉、序《つい》でと申しては何ですが、小兵衛殿との間を取り持ってもらえませんか。ちと、混み入った話なものだから、小兵衛殿が聞く耳を持ってくれないのです」

「畏《かしこ》まりました。お引き受け致します」

「良かった。真吉は願ってもない助け舟、時の氏神です」

真吉が下がって程なくして、しかめっ面《つら》をした小兵衛が姿を見せた。

「お話だけはお伺い申し上げます」

小兵衛は慇懃に一礼すると、背筋を伸ばして目を逸らした。正に聞くだけという態度だ。

だが、笙太郎としても、とにかく終いまで聞いてもらわぬことには説得も何もないので、初めから順番に話すことにした。

先《ま》ず――

幽霊の仙太郎が一度ならず二度、三度と笙太郎の前に姿を現わしたこと。そして、仙太郎が好いた小夜という女にはお花という三つになる娘がいて、貧しい暮らしをしていること。仙太郎はその二人に暮らしの援助をしたいと願っていること。その思いを笙太郎から小兵衛に伝えて金を工面《くめん》して欲しいと頼まれたことなどを話した。

小兵衛はとても信じられないという表情で、時々、深い溜め息を洩《も》らしながら聞いていた。

なぜ幽霊が見えるようになったのか——その訳は笙太郎にもわからない。ただ、暴れ馬に蹴られて川に落ち、九死に一生を得たのがきっかけではないかと、思うままを正直に述べた。

「叶様には幽霊が見えると仰いますが、では、今、仙太郎は何処《どこ》におりますか」

口許をへの字に結んで笙太郎の話を終いまで聞いた小兵衛が初めて口を利いた。

「表の何処かに。店の中に厄除けの御札が貼ってあって中に入ることができないと言うのです」

これもありのままを話したが、小兵衛は、到底信じられないという表情だ。

笙太郎は、仙太郎のお蔭で迷惑を蒙《こうむ》った一件、覗き見の疑いをかけられ、番屋まで連れて行かれたことも話した。

「ですが、小夜とお花を思う気持ちは本物だと、私は感じ取りました。仙太郎殿も初めは行方のわからなくなった小夜を捜して欲しい。会って一言謝りたいとだけ私に頼んでおりました。ところが、小夜が移り住んだ長屋に行くと、小夜には三つになる子がいました。小夜に子どもがいることを、仙太郎殿は初めて知ったというのです」

筆太郎は一つ間を置いて続けた。

「このことは私もにわかに信じられなかったのですが、仙太郎殿は自分がいつ死んだのかさえ、わかっていなかったのです」

呆れ返った表情で小兵衛は溜め息を吐いた。

「貧しい長屋で暮らすわが子を目にした時、仙太郎殿の気持ちが変わり、初めに申したような依頼を受けたというわけなのです」

「それでおしまいですか」

小兵衛は冷ややかに言った。

「小兵衛殿、仙太郎殿は、小夜と娘のお花の将来を心底案じている。その気持ちを信じてやって欲しいのだ」

「どうぞお引き取りくださいまし」

小兵衛は一礼するなり、そそくさと座を外してしまった。

――とうとう疑われたままか。

筆太郎は己《おのれ》の力不足が忌々《いまいま》しかった。

ふと、視線を感じて目を上げた。

すると、廊下の枡の陰でこちらを見ている中年の女と目が合った。女の目は哀しげで何か言いたげに見えた。だが、女はすぐに背を向けて廊下の向こうに立ち去った。

その身形と雰囲気から、小兵衛の妻のような気がした。

「まったく信じてもらえず、すげなく追い返されてしまいました」

店を出た筆太郎は、中空に浮いている仙太郎に向かって頭を搔いた。

すると、仙太郎はどこか上の空でぼんやりしている。

「どうしたのですか仙太郎、元気がありませんね」

「あたしは前にも一遍《いっぺん》死んだような気がするのですよねえ」

仙太郎はぼんやりと首を傾げた。

――何を言うかと思えば……。

筆太郎は呆れて、返す言葉がなかった。

「みってら……何《な》んなんだろう」

そう独り言を呟いた仙太郎が、すまなそうな顔を浮かべた。

「大店の主と威張ったところで、あたしの親父は芝居に足を運んだこともなければ、唄も踊りも、浮世絵や俳諧だってまったく解さない唐変木《とうへんぼく》、仕事しか能のない頑固者ですから。信じてもらえなくても旦那のせいじゃありませんよ」

「このまま引き下がるわけにはいかぬ」

仙太郎に慰《なぐさ》められた途端、気落ちしかかっていた笙太郎の心に火が点いた。


笙太郎は仙太郎と別れて屋敷に戻った。これからどうするか思案していたところへ、若生家用人の北川作兵衛が訪ねて来た。

「ご隠居様と相談致してな、その方の提案に応じることと致した。但《ただ》し、条件がある」

「と申されますと」

「あの懐剣は忘れ難い思い出の品ではあるが、懐剣を入手するのがわれらの目的ではない。われらが知りたいのはあの懐剣の持ち主の消息だ。寺に保管されていたということであれば、寺の住職が何か事情を知っているに違いなく、是《ぜ》が非《ひ》でもそれを聞き出したい」

「なるほど」

「ついては、住職との取り引きにあたっては、何故懐剣が寺に保管されていたのか、懐剣の持ち主は今何処にいるのか、知っていることはすべて聞かせて欲しいのだ、詳《つまび》らかにな。その約束を住職に取り付けた上で段取りを付けて欲しい。如何かな、叶殿」

「承知致しました」

「おう、わかってもらえたか、かたじけない」

作兵衛はすっかりご満悦の様子だ。

「あの坊主、この間は素《す》っ惚《とぼ》けおって。本来ならば、直に住職を問いつめ、締め上げてやりたいところだが、間を取り持とうとしてくれる叶殿の立場もある故《ゆえ》、それは控えることと致した」

作兵衛は、いつか鉄心に惚けられたことが未だに腹に据えかねるようで、憎々しげに言って続けた。

「段取りがついたら、報《しら》せてくれぬか」

「承知致しました」

作兵衛を見送ってから、筆太郎は呟いた。

「懐剣を保管していた事情か……」

寺の奥深く、眠っていた一口《ひとふり》の古い懐剣によって筆太郎の出生の秘密が明らかになった。この先、如何なる道に導かれようとしているのだろうか。

笙太郎は自分の部屋に引き揚げると、畳の上に大の字になった。

「一筋縄ではいきませんね、小兵衛殿は」

思わず独り言を呟いた途端。

「弱音を吐くなんて、笙兄さんらしくもない」

琴の叱咤《しった》する声が耳に聴こえた。

「琴」

笙太郎はすぐに跳ね起きて、辺りを見回した。

「琴はそう言うが、小兵衛殿は頭っから幽霊など信じておらぬし、仙太郎は仙太郎で、前にも一度死んだような気がするなどと、訳のわからぬことを言い出す有様で……」

「笙兄さん、加賀屋に行ってみよう。行ってみればわかるから」

琴に言われるまま、笙太郎は新和泉町に向かった。

夕方になると、盆提灯《ぼんぢょうちん》が町々の商家の軒下に吊《つ》るされる。

加賀屋の近くまで来ると、ちょうど店の中から小兵衛と小兵衛に付き従う中年の女が姿を見せた。

その女は帰り際に廊下の陰で何か言いたげにこちらを見ていた女だった。やはり、小兵衛の妻のようだ。

小兵衛は飾りの施された切子《きりこ》提灯を自らの手で軒先に吊るした。吊るし終えると、ふたり揃って西の空に向かって長いこと手を合わせた。

――琴、わかりましたよ。

笙太郎は心の内で語りかけた。

改めて思ったのである。

盆提灯は仏の供養であり、仏の魂が帰る目印でもある。盆提灯のなかでも華やかな飾りの施《ほどこ》された切子提灯を吊るす小兵衛の心の内にその本心を見たような気がした。小兵衛とて仙太郎に会いたい気持ちに変わりはないのだ、と。

二

翌日の昼下がり、小兵衛の使いの者が来た。

「まことに恐れ入りますが、店までお運びいただきたいと、主が申しております」

使いの者が、小兵衛からの伝言を筌太郎に伝えた。

小兵衛の気持ちに何か変化があったのかも知れない。

筌太郎は使いの者に、即座に「諾《だく》」と答え、支度を調《ととの》えて加賀屋を訪ねた。

この前と同じ客間に通されると、時を置かず、小兵衛が姿を見せた。肩の力が抜けて、その表情にも柔《やわ》らかみが感じられた。やはり、小兵衛に何か心境の変化があったのだろう。

「小兵衛殿。どうやら、私が申したことが、嘘八百、白髪三千丈《はくはつさんぜんじょう》の類のはったりではないと思っていただけた——そのようにそのお顔から感じられるのですが、違いますか」

筌太郎から、そう、口火を切った。

「にわかに信じられない気持ちに変わりはありませんが、叶様を疑う気持ちにはなれないのでございます」

小兵衛は正直に胸の内を吐露すると、手を打って番頭を呼んだ。

番頭は予め用意していた紫色の袱紗《ふくさ》包みを小兵衛に手渡して座を外した。

小兵衛はその包みを畳の上に置いて広げた。中から切餅《きりもち》が一つ、二十五両の金が出て来て、それを前に置いた。

「叶様にお願いがございます。お使い立て致しまして誠に恐縮でございますが、私どもの代わりにこの金を小夜とその娘に届けていただきたいのです。お引き受けいただけますでしょうか」

「多額の金子《きんす》だが、この金は何ですか」

「もちろん、叶様のお話にございましたように、子供の養育費でございます」

「どうしても、小夜とお花に会う気持ちにはなれない、ということか」

「お願い申し上げます」

小兵衛は、切餅を笙太郎の前に滑らせると、俯《うつむ》いたまま袱紗を畳んだ。

「遊びの女ならば、後腐れなく手切れ金を叩きつけることもできましょう。帰る足取りが重くなるようなこともありますまい。ですが、仙太郎が本気で好きになった女とあれば話は別です……」

そう言って、小兵衛は押し黙った。

「ご子息が好いた女と、小兵衛殿にとっては孫にあたる子に会う良い機会だと思ったのだが……」

小兵衛は黙したままじっと俯いている。

「あなた」

廊下から障子越しに女の声がした。

「お前は黙っていなさい」

「いいえ、あなた、それでは小夜があんまり可哀相ではありませんか」

障子が勢いよく開いて、いつぞやの中年の女が涙目で小兵衛に訴えた。

「お島《しま》、お前の出る幕ではありません」

お島と呼ばれた女が笙太郎に向き直り、手を突いた。

「小兵衛の家内の島でございます。上方から江戸に出て、夫は小さなお店を開きました。それこそ眠る間も惜しんで身を粉にして働きました。そんな夫を私なりに支えて働いて参りました。その間、幼い仙太郎の子守りをし、姉代わり、母親代わりになってくれたのが小夜だったのでございます」

お島は小兵衛に遮《さえぎ》られるのを恐れるかのように、早口で喋り通した。

ここまでじっと唇を嚙《か》んでいた小兵衛が弾《はじ》かれるように立ち上がると、音高く障子を閉じた。

「あなた」

廊下から声を押し殺して泣くお島の声が聞こえたが、やがて足音が遠ざかった。

仙太郎と小夜の間柄と今日に至るまでの事情がおおよそ理解できた。

小夜はこの加賀屋で働く奉公人だったのだ。姉代わり、母親代わりで仙太郎を育てる間はよかったが、いつしか男と女の関係になると、小兵衛とお島に疎《うと》まれ、追われるようにして店を出たのだろう。

お島はそのことをずっと負い目に感じてきたのだ。

お島のその気持ちは小兵衛だってよく理解している、いや、小兵衛とて同じ気持ちに違いない。小夜に会いたくないのではなく、合わす顔がないと思っているのかも知れない。

小兵衛は静かに膝を折ると、笙太郎に手を突いた。

「お見苦しいところをお見せいたしました。申し訳ございません。叶様、改めましてよろしくお願い申し上げます」

畳の上に置かれたままの切餅に手を添えた。

「わかった。この金子は必ず、小夜とお花に届けよう」

笙太郎は切餅を手に取ると、目の高さまで上げて目礼し、懐《ふところ》に押し込んだ。

「私の話を信じてもらうことができ、肩の荷を下ろした思いです。これで仙太郎殿との約束も果たすことができる」

笙太郎は今一度会釈をした。

「ああ、そうでした」

笙太郎は浮かしかけた腰を下ろした。

「仙太郎殿が耳なれぬ言葉を言っておりました。〈みってら〉というのですが、わかりますか」

小兵衛がわずかに眉をひそめた。

「どういう字を書くのか、私には思い浮かびません。仙太郎殿に訊いても、仙太郎殿もそれが何かわからないと言います。ただ、温《ぬく》もりに包まれて揺られていたことだけを肌が覚えているのだと、仙太郎殿は言うのです」

小兵衛は息を詰めて、瞬《まばた》き一つせず、笙太郎の話を聞いている。

「その前にも奇妙なことを言っておりました。自分は前にも死んだような気がする、などと……」

「浪花《なにわ》の町でございます」

小兵衛が詰めた息を吐き出すようにして口を開いた。

「あれは、仙太郎が三つでございました。浪花には珍しい大雪が降りまして、道も川もわからないほど雪が降り積もりました……夕方になっても仙太郎の姿が見えないので心配になってあちこち捜しました」

小兵衛が苦しげに遠くを見る目をした。

幼い仙太郎は雪の中からみつかった。屋根から滑り落ちた雪に呑まれたのだった。雪の中から掘り出した時には、唇は紫色に変わり、身体の熱は奪われ、氷のように冷たくなっていた。周りの者は皆押し黙って首を横に振った。

だが、小兵衛は諦めきれず、仙太郎をどてらに包むと、背中におぶって、最寄りでも一里（約三・九キロ）ほども離れた〈三津寺《みってら》〉の医者まで、ひたすら走った。そして、仙太郎は奇跡的に一命を取り留めたのだった。

「今の話は誰にも、仙太郎にも打ち明けた憶えがございません……そうですか、仙太郎がそんなことを申しておりましたか。不思議なことがあるものですねえ」

小兵衛は感慨深そうに目を瞬《しばたた》かせた。

その時の記憶と「みってら」という町名の響きが、幼い仙太郎の脳裏の奥に刻み込まれたのだろう。

「小兵衛殿の背中の温もりだったのですね……」

笙太郎がしみじみ呟くと、小兵衛は堅く口を結んだまま俯いていた。

加賀屋を辞した笙太郎はその足で小夜の長屋に向かった。

小夜の棟に向かい、呼びかけた。

「小夜さん、私です、叶笙太郎です」

小夜が、そろっと、一尺ばかり腰高障子を開けて顔を覗かせた。

またぞろ、あの奇妙な侍が舞い戻ってきたかと、長屋の住人が野次馬のようにぞろぞろと寄り集まって、好奇の目でこちらを見ている。

「加賀屋に行ってきました。伝えたいことがあります、入れてください」

笙太郎は長屋の住人らの耳目を憚《はばか》り、声を抑えて頼んだ。

小夜もそれと察して、笙太郎を家の中に招じ入れた。

「お召し物を汚すかもしれませんが……」

小夜に促《うなが》されて、笙太郎は居間に上がった。

「仙太郎からこれを預かってきました」

笙太郎は懐から取り出した切餅を小夜の前に置いた。

仙太郎の名前を聞いてわずかに顔を強張《こわば》らせた小夜は、目の前に置かれた大金を見て、さらに訝《いぶか》しげな視線を向けた。

「無論、この金を出したのは小兵衛殿です」

筌太郎が言い添えた。

「旦那様が」

小夜がとても信じられないという表情を見せた。

「ですが、小兵衛殿に金子を出して欲しいと頼んだのは仙太郎なのです」

「何を仰っておられるのですか。仙太郎さんは三年も前に亡くなったと、先日も申し上げたはずです」

小夜の眼がきつくなった。

「仙太郎は、お花ちゃんに健やかに育って欲しいと心から願っているのです」

「からかっておられるのでしたら、どうぞお引き取りください。私はお腹にあの子がいることを誰にも、仙太郎さんにさえ、話しませんでした。ですから、お花のことは誰も知るはずがないのです」

小夜は金子を押し戻した。

「どなたに頼まれたのかは存じませんが、こんなお金をいただく筋合いはありません。どうぞ、お引き取りください」

その時、腰高障子に人影が揺れた。

「そのお武家様の仰ることは本当です」

声がして、障子を開けたのは小兵衛だった。

「旦那様」

小夜は膝をにじり、手を突いた。

「小夜」

小兵衛の背後から聞こえた女の声に、小夜が腰を浮かせて覗き込むようにした。

「奥様」

小夜はさらに驚きの声を発して手を突いた。

「小夜、本当なのだと、私たちは信じました」

小兵衛の言葉にさらに戸惑いが増したのだろう、小夜は呆然《ぼうぜん》としている。

「信じられないだろうね。無理もない、私だって、こちらの叶様を疑いました。しかし、本当に信じられないのだが、幽霊の仙太郎がお前たち母子の様子を見て、この叶様にお願いしたというのだよ、小夜」

小兵衛の言葉を聞きながら、お島も繰り返し頷いていた。

筆太郎に眼差《まなざ》しを向けた小夜に、「真《まこと》なのだ」と目で伝えた。

「私に口答え一つしたことのないお島が泣いて私に訴えたのです。こちらの叶様が嘘を仰っているとはどうしても思えない、私たちが信じてやらなければ、仙太郎が可哀相だと。それより何より、私たちの信じる気持ちの籠っていない金など、小夜は決して受け取らないだろう、仙太郎だって喜んでくれるはずがないと……私は目が覚めました」

小兵衛の話を聞いているうちに、いつしか小夜の顔から疑いの色が消えていた。

小兵衛が笙太郎に向き直った。

「叶様、商人である私にとって、信じられるのは小判であり、形あるもの、見える物ばかりでした。見えぬ物を見る、見ようとする心など、何処かに忘れてきました。あの日、死にかけた仙太郎をおぶって三津寺まで走りながら、私は神仏に祈っておりました、どうか、どうか仙太郎をお助けくださいと……。あの時、私は見えぬものに必死で縋《すが》り、仙太郎の命を助けていただけたことに、心から感謝を致しました……」

「小兵衛殿……」

笙太郎の胸の中に嬉しさが込み上げた。

小兵衛は笙太郎に頭を下げると、小夜を向いた。

「ひどい苦労をさせてしまったね、許しておくれ、小夜」

「仙太郎が長い間世話になりました、ありがとう、小夜」

小兵衛とお島が労《いたわ》りの言葉をかけると、堪《たま》らず小夜は両手で顔を覆い、声を押し殺して泣いた。

小兵衛の目にも、お島の目にも光るものが膨れ上がった。

笙太郎は涙にくれる三人を残して、そっと表に出た。

「この期に及んで……」

表に出た途端、思わず苦笑いを洩《も》らした。

仙太郎が物干し竿《ざお》に干されている女の湯文字《ゆもじ》の間から顔を出して笑っていたのだ。

「お前さんがそこにいると、私に言わせたいのですか」

「へへへ、馬鹿は死んでも治らないってね」

仙太郎は頭を掻きながら湯文字の間を擦《す》り抜けた。

「小兵衛殿もお母上も来てくれたな」

笙太郎が言うと、仙太郎は嬉しそうに一つ頷いて、ひょいと、向かいの棟の屋根の上に飛んだ。

「仙太郎」

笙太郎は家の中の三人に聞こえるように声を張った。

勢いよく腰高障子が開いて、小兵衛とお島、そして小夜の三人が飛び出して来た。

「仙太郎」

小兵衛とお島は、目に見えぬ仙太郎の姿を懸命に見ようとした。

「仙太郎さん、何処、何処にいるの？」

きょろきょろと辺りを見回す小夜に、笙太郎は向かいの棟の屋根の上を指差した。

「あそこに……？」

問いかける目をした小夜と小兵衛夫婦に、笙太郎は頷き返した。

「仙太郎さん、そこから私が見えますか」

小夜は屋根の上に向かって優しく語りかけた。

すると、不可思議なことが起きた。

仙太郎の姿がまるで生きているかのように鮮明になったのだ。

「仙太郎さん」

「仙太郎」

小夜と小兵衛とお島の口から時同じくして歓喜の声がほとばしった。小夜の目にも小兵衛とお島の目にも仙太郎の姿が見えたのだ。

「おとっつぁん、おっかさん、ごめんなさい、親不幸ばっかりで。本当にごめんよ。そして、ありがとう」

「仙太郎」

仙太郎から詫びと礼の言葉を聞いて、小兵衛とお島はおろおろと両手で顔を覆った。

「お小夜、達者でいたんだね、よかった」

仙太郎が優しく言葉をかけると、小夜は涙の目で頷いた。

「すまなかったね、苦労ばかりかけて。でも、お前に出会えて私は幸せだった。本当に楽しかった、ありがとう、ありがとうお小夜。お花を頼んだよ」

思いを伝えられた仙太郎は、肩の荷を下ろしたように、安堵の色を浮かべている。

「仙太郎さん、お花は、私がちゃんと育てますから」

小夜が安心させるように、しっかりと語りかけた。

「小夜と孫のお花は、この私とお島も面倒を見ます。だから、安心しておくれ、仙太郎」

ふたりの言葉が心に沁《し》みたのか、仙太郎はさらに安らかな顔になった。そして、ゆっくりとその姿が薄くなり始めた。

「旦那、どうやら、向こうへ、〈さきのよ〉へ行けるみたいですよ」

「達者でな」

笙太郎はそう言ってから変だと気づき、苦笑いして頭に手をやった。

「達者でなはおかしいでしょう、やだな、旦那」

仙太郎も笙太郎をからかうような仕草をして笑った。

「でも、無事に成仏できたら、あたしは、お花が寺子屋に通う姿は見られないんですね」

その言葉を聞いて、笙太郎はぐっと胸が詰まり、目に涙が溢《あふ》れた。

「そんなことはない、そんなことはないぞ仙太郎。お前はきっと、空の上からお花ちゃんのこともお小夜さんのことも見守っているはずだ」

笙太郎は涙を吹き飛ばすように全身で語りかけた。

「旦那、ありがとうございました」

何度も礼を口にする仙太郎の姿がさらに薄くなった。

その時、筆太郎は木戸口に立っているお花に気がついて、小夜に教えた。

「お花」

小夜が木戸口まで走ってお花を抱きかかえた。

「お花、父ちゃんだよ。父ちゃんの顔、よおく見ておくのよ」

小夜は、消えかかる仙太郎を指差して、お花に教えた。

「父ちゃん」

お花が可愛い声で呼びかけ、小さな手を振った。

「お花、小夜、おとっつぁん、おっかさん」

仙太郎の声が大空に木霊《こだま》し、やがて、仙太郎の姿は雲の彼方に消えた。

「仙太郎さん」

小夜の呼ぶ声も仙太郎を追って雲間に消えた。

三

琴が言うように、心の眼で見ることができたのだろうか。

小夜の長屋からの帰り、笙太郎は堀割に架《か》かる小橋の欄干《らんかん》に凭《もた》れて空を振り仰いだ。悠々と浮かぶ白雲を眺めていたら、湯文字の間から顔を覗かせていた仙太郎のおどけた顔が浮かんできて、つい、思い出し笑いをした。

「馬鹿は死ななきゃ、か……」

仙太郎のような、女に惚《ほ》れ続けた生き方には、呆れる者もいれば嘲笑《ちょうしょう》する者もいることだろう。雀《すずめ》百まで、と言う。笙太郎には仙太郎のような生き方は真似できないだろう。だが、己に正直に生きた仙太郎が、羨《うらや》ましくもあった。

「琴、仙太郎は成仏したよ」

笙太郎が空に向かって語りかけると、風が渡った。

「笙兄さん」

雲の彼方から琴の声が降って来た。

「仙太郎は、父親の小兵衛から小夜とお花の面倒をみると言われて、心底安心した顔をしていた」

「よかった」

「琴、仙太郎は、お金よりも、ほかに伝えたいことがあったのだな」

「それは、何、笙兄さん」

「たった二つの言葉です。〈ありがとう〉と〈ごめんなさい〉」

仙太郎が成仏できたのは、小夜とお花のために金を拵えたからではない。〈ありがとう〉と〈ごめんなさい〉という二つの言葉を、小夜と、そして小兵衛とお島に伝えることができた。だからこそ、仙太郎は心置きなく成仏できたに違いない。

逆に言えば、その二つの言葉を生前に言えないことが、逝《い》く者にとっての一番の心残りになるのではないか。

「二つの言葉か……よかったね。ありがとう、笙兄さん……」

「礼を言うのは私の方ですよ、琴」

正直な気持ちだった。

仙太郎と交わした幾つものやりとりが、次から次へと脳裏に浮かんでは消えた。今にして思えば何もかもが楽しい思い出だ。仙太郎との出会いで幾つもの大事なことを教えられたと、心から思えた。

その時、一陣の風が吹き寄せて足許で渦《うず》を巻いた。

「あっ、お寺が大変よ、笙兄さん」

琴が発したただならぬ声に笙太郎は我に返った。

「誠心寺が」

笙太郎は言うなり、駆け出していた。

両国橋を渡り、馬喰町から町人地を駆け抜けると、御濠沿いの道を市谷左内坂の誠心寺に向かって、ひた走った。

漸《よう》く辿《や》り着いた石段を一気に駆け上がると、境内《けいだい》を突っ切り、庫裡《くり》の戸を開けて住職の名を呼んだ。

「鉄心和尚《おしょう》、鉄心和尚」

だが、中はしんと静まり返って物音一つしない。

笙太郎は異変を察知して中に飛び込んだ。鉄心の名を呼びながら奥へ進むと、一室の障子が弾け飛んでいるのが目に飛び込んだ。その部屋に駆け込むと、畳の上に幾つもの土足の跡があり、鉄心の物と思われる糸の切れた数珠《じゅず》玉が辺りに散らばっていて、鉄心の身に異変が起きたことを物語っていた。

笙太郎は裏の細道に飛び出した。

だが、すでに人の気配はなく、あるのは降りしきる蟬時雨《せみしぐれ》ばかりだった。

第五章　真昼の虹

一

鉄心が何者かの手によって拐《かどわ》かされて、三日が過ぎた。

この日、笙太郎は文書部屋で過去の調べものをしていた。鉄心の身を案じながらも、町方同心のように事件を追うことなど叶わず、また、日々の御役目は山積しており、笙太郎はもどかしいまま、日常の中に身を置いていた。

常よりも日々のお勤めの時が長く感じられて仕方がなかった。

八つ（午後二時）に御用部屋を下がり役宅に戻ると、笙太郎は久右衛門の部屋に出向いた。

案の定、久右衛門はぽつねんと縁側に腰かけていた。そして、笙太郎の足音を耳にすると体を捩《よ》じってこちらを向いた。

「鉄心はみつかったか」

久右衛門が弱々しい声で訊《き》いた。

「寺社奉行所と町奉行所に届けを出しておりますので、程なく元気なお顔を見ることができましょう」

笙太郎は板の間に膝を折った。

「今ごろ如何《いかが》致しておるかの……」

久右衛門は、ぼんやりと庭に目を戻した。力なく落とした肩がいくらか痩《や》せたようだ。鉄心の身を案ずるあまり、食も細くなっていた。

「父上、風が出てきました、部屋にお入りください」

笙太郎は久右衛門を部屋の中へ誘《いざな》った。

「誰が、何のために鉄心を拐かしたのであろうな」

久右衛門が呟《つぶや》いた。

それは、鉄心が行《ゆ》き方《がた》知れずになって以来、幾度となく久右衛門が口にした言葉だった。

「用人を尾《つ》けた深編笠《ふかあみかさ》が、わしの姓名と、わしと鉄心の間柄を門番から聞き出したと申しておったな」

久右衛門は深編笠への疑いを口にした。

それは筌太郎も同意するところだ。

「では、奴等の狙《ねら》いは奈辺にありや、ということだが」

久右衛門は筌太郎の考えを問うように目を向けた。

久右衛門が「奴等」と言ったのは、深編笠がその背後にいる何者かの命で動いていると睨《にら》んでいるのだろう。

あの日、小網稲荷の境内で懐剣を目にした折の作兵衛の驚きようは尋常ではなかった。思い入れの強い品物であるからこそ、店主の言い値のまま十両という大金を惜しまず買い求めたのだろう。屋敷に戻った作兵衛は直ちに寛十郎にその懐剣を見せたと思われる。すると、作兵衛以上に寛十郎の心を強く揺すぶったに違いない。そうでなければ、一刻を争うかのように懐剣の持ち主の消息など探りはしないと思われるからだ。

そして、深編笠は、懐剣が購入された翌日にもかかわらず作兵衛の跡を尾けている。

先日役宅を訪れて、鉄心との対話の場の段取りを要請した作兵衛が、こう口にした。寛十郎と作兵衛が知りたいのは懐剣の持ち主の消息だと。つまり、二人は懐剣の持ち主の素姓をよく知っているのだ。

「手荒な真似などされておらねばよいが……あやつ、鉄心とは名ばかり、見かけ倒しの男じゃからの」

久右衛門が憎まれ口を叩いた。

「父上、左様な不埒《ふらち》を……」

筆太郎は柔らかくたしなめた。

だが、懸念や不安を押し隠そうとする久右衛門の胸中は察するに余りあった。

「父上、亡き母は、若生家所縁《ゆかり》の御方ではないでしょうか」

筆太郎の中で強まりつつあった思いを口にしたその時、廊下に音高い足音と多恵のただならぬ声がした。

「あなた、あなた、あなた」

「騒がしいぞ、多恵。何事じゃ」

久右衛門が叱責《しっせき》した。

廊下に倒れ込む音がして「わっ」と泣き声が上がった。

筆太郎はすぐに立ち上がって、障子《しょうじ》を開けた。多恵が丸めた背中を烈《はげ》しく震《ふる》わせて泣き伏していた。

「母上、如何なされましたか」

笙太郎は傍《かたわ》らに立て膝を突いて、優しく声をかけた。多恵が胸に何かを抱えているのが見えた。

「母上、それを……」

笙太郎は労《いたわ》るようにして、多恵が抱えている風呂敷の包みを手放させ、引き取った。解けた包みの中身を目にして息を呑《の》んだ。

「父上」

「如何致した、笙太郎」

立ち上がった久右衛門も息を呑み、言葉を失ったように立ち尽くした。

笙太郎が広げた風呂敷包みの中にあった物は、永年の風雪に耐えて黒ずんだ琴と琴の母の墓標だった。しかも、無残にも三つに斬《き》り刻まれていた。

鋭い切り口を目にして、久右衛門は怒りと悲しみに唇を震わせた。

「このような惨《むご》いことを……惨い、惨過ぎます」

多恵はさらに声を上げて泣いた。

「いったい何者が……」

「それを届けたのは出入りの米屋の御用聞きだ」

笙太郎の疑問に答えるように声がして、村瀬が姿を見せた。

「といっても、御用聞きはただの使い走りだが」

「勲四郎、どういうことじゃ」

「藩邸の勝手口から出て来た御用聞きが、深編笠からこっそりと駄賃《だちん》を受け取る場面を目撃致しました」

久右衛門の問いかけに、村瀬がそう答えた。

「またしても深編笠か……」

久右衛門が奥歯を噛《か》み、拳を握り締めて笙太郎を見た。

「おそらく、これまで暗躍していた深編笠と同一人物でございましょう……母上、さ、中にお入りください」

笙太郎は多恵に手を添えて部屋に招き入れた。

そして、久右衛門と着座した村瀬に向かい居住まいを正すと、こう断じた。

「これはただの嫌がらせではありません。鉄心和尚を拐かしたのは自らの行ないであると、明らかにしてきたのです」

笙太郎の言葉に、久右衛門は悲痛な表情を浮かべて頷いた。墓標を投げ込んだ奴等の意図を、久右衛門も看破したに違いない。

辛い想像になるが、鉄心は手酷《てひど》い拷問《ごうもん》を加えられ、懐剣の持ち主である武家娘の死と産み落とした子のことを白状させられたのだろう。鉄心に拷問を加えた者らはわざわざ誠心寺の墓地に足を運び、鉄心の言を確かめたのだ。

鉄心が奴等の手中にあること、そして、懐剣の持ち主の消息を知り得たことを敢えて報せんがために、墓標を斬り落とした挙句に役宅まで届けたに相違ない。

「非道なふるまい、許せぬ……」

久右衛門が血を吐くように言い、体を捩った。

「しかしながら、これまで推測するばかりだった奴等の素姓も狙いも、これで明らかになりました。深編笠を背後で操っていたのは若生影次郎、影次郎の目的は懐剣の持ち主の消息」

笙太郎はそう言い切った。

鉄心の拐かしという強硬手段に出たのは、寛十郎と作兵衛に先んじて懐剣の持ち主の消息を知るために違いない。

では、影次郎は、如何にして懐剣の持ち主について知ったのだろうか。

おそらくは寛十郎と作兵衛との間で交わされた懐剣にまつわる密談を盗み聞きしたのだろうが、その辺りの事情は憶測するばかりで、いずれ本人に確かめるしかあるまい。

「奴等が攫いたかったのは、鉄心よりもこのわしだったのかも知れぬな。だが、直参旗本とはいえ、さすがに秋草藩と事を構えるだけの度胸は持ち合わせていなかったのであろう。それを考えると、わしの身代わりになったようで、鉄心が哀れに思えてならぬ……」

久右衛門は鉄心の身を案じる気持ちを吐露した。

「左様なお気持ちでおられましたか。少しも気づきませんでした」

笙太郎は久右衛門の心の内を察せられなかったことに心を痛めた。

「それでも、ご住職は、時を稼ごうとなされたのではないでしょうか」

「笙太郎、それは如何なる意味じゃ」

「つまり、生まれた子が双子《ふたご》だったとは、口にされなかったのです」

「そうか、笙太郎に災《わざわ》いが及ぶのを少しでも遅らせようとしたのじゃな、鉄心にしては上出来じゃ」

憎まれ口を利いたが、久右衛門は鉄心の気持ちに口許を震わせた。

「だが、笙太郎、いずれ、奴等は真実を知ると考えておくべきであろうな」

久右衛門の視線がぴたりと笙太郎に向けられた。

もし、笙太郎が双子の一人であると知られれば、すなわち若生家の血を引く身であるとなれば、いずれ笙太郎の身にも危害が及ぶおそれがあると、久右衛門の眼が告げていた。

いずれにしても、懐剣の持ち主、すなわち亡き母は、若生家所縁の人物であるのは間違いないようだ。

鉄心を無事に助け出すためには、座して待つのみでは埒は明かない。

――虎穴に入るのみ。

笙太郎は若生家と対峙《たいじ》する決意を固めると、墓標を丁寧に風呂敷に包んだ。

「この墓標は手厚く供養してもらわねばなりません。ですが、それは是《ぜ》が非《ひ》でも、鉄心和尚でなければなりません。それまで父上、どうぞお預かりください」

笙太郎は墓標を包んだ風呂敷包みを久右衛門に手渡した。

「笙太郎」

村瀬に促《うなが》されて、腰を上げた。村瀬が笙太郎の役宅を訪れたのは、調べを依頼していた若生家の件に違いなかった。

「お手数をおかけ致しました」

役宅を出ると、笙太郎は村瀬に向き直り、改めて頭を下げた。

「火事場の掘り起こしではないが、色々出てくるものだな……」

屋敷を出て、人気《ひとけ》のない通りを選びながら、村瀬が調べを語り始めた。

「影次郎の金蔓《かねづる》がわかった。口入屋の月蔵だ」

「善兵衛ですね……」

「知っていたのか。いつかおぬしが雑木林で見かけた町人の死体は、料亭から依頼された借金の取り立てだ。殺されたのはあの男が三人目だ」

「しかし、影次郎が善兵衛という金蔓を摑んだのならば、取り立ての男の命まで奪うことはなかったのではありませんか」

「うむ、夏の小蝿《こばえ》みたいにこ五月蝿《うるさ》かったのかも知れぬな」

村瀬は足を止めると、前を向いたまま小声で言った。

「公儀はいよいよ寛十郎に最後通牒《つうちょう》を言い渡したようだ」

寛十郎に申し渡した最後通牒とはすなわち、影次郎の隠居であろう。

だが、家督を譲《ゆず》る前であれば、寛十郎の一言で事は容易に片付いたが、現当主は影次郎である。本人が隠居せぬと居直れば、寛十郎とて隠居の身では強制する権限はない。

公儀は、影次郎のあらくれぶり――それは主に金にまつわる不祥事だ、借金、その踏み倒し、無銭飲食、吉原での不埒《ふらち》な振る舞い、賭場への出入り――に業《ごう》を煮やしていた。永年に亘《わた》る寛十郎の功績に配慮し、目こぼしを続けてきたが、度重なる不祥事を受けて、いよいよ断を下したらしい。

「だが、厄介なことがあるのだ。公儀がこれまでなかなか強く出られなかったのは、出られぬだけの理由があるのだ」

「どういうことでしょうか」

「影次郎の実父は阿波蜂須賀家江戸屋敷の次席家老だ。そんなことは武鑑を見れば誰でもわかることだ。問題はその先だ」

村瀬がさらに声を落とした。

「影次郎は尾張徳川家の血を引いているのだ」

そんな背景があったとは――

「若生寛十郎には実子がない。名門若生家の存続を図るには養子を取るしかなかったのだが、世間のしがらみの中で、影次郎を貰《もら》い受けたのだろう。それが不《ふ》肖《しょう》、不徳の男だとあって、若生寛十郎も苦々しい思いを抱えてきたのではないか」

譜代の直参旗本千五百石の家柄ともなれば、笙太郎のような軽輩には窺い知れぬ世間のしがらみや義理があるだろう。影次郎を庇《かば》い立てする余地はないが、寛十郎が決断を鈍らせるのも無理からぬことではあった。

「寛十郎は、三年ほど前に永年に亘り連れ添った妻を亡くしている。本人も病を得たようで、蜂須賀家の典医が足繁《あししげ》く若生家に出入りしている。かつては辣腕《らつわん》目付として鳴らした男も寄る年波には勝てず、心弱くなっていたのかも知れぬ」

村瀬は一度言葉を切った。

「影次郎が都合よく病死でもしてくれればよいのだが」

不心得をさらりと言ってのけた。

村瀬の言葉が含む意味合いはすぐにわかった。病死とは公儀に届け出る建前の理由、方便に他ならない。村瀬が言外に匂わせたのは、本人の切腹、若しくは寛十郎の手による裁き、成敗のことである。

「その場合でも、跡継ぎがみつからなければ、御家は断絶、名門若生家はその歴史に終止符を打つことになる」

そうしたことは影次郎も薄々にせよ察しているだろう。そして、身に迫る恐怖が募《つの》れば、暴発して見境のない行動に及ぶことも懸念される。

「いずれにしても、若生寛十郎は追い込まれた」

村瀬は引き結んだ口許を緩めると、からかうような目を笙太郎に向けた。

「あとは寛十郎に任して深入りはせぬのが利口なやり口、身のためだ」

だが、笙太郎が小さく首を横に振ると、村瀬は苦笑いを浮かべながら話題を変えた。

「まだ鉄心の死体は出ないいな」

「左様な不心得を」

「怒るな。用済みではないということだ」

村瀬は何か先を読んでいる口振りである。

「村瀬様、お忙しいなか、詳しくお調べいただきましてありがとうございます」

笙太郎は深く辞儀をした。

「茄子《なす》と胡瓜《きゆうり》、まだ残っていたら頼む。一人では手強《てごわ》いであろう」

笙太郎の独走を懸念する一方、力添えを仄《ほの》めかしたのだと笙太郎は察した。

村瀬は照れ隠しのような含み笑いを浮かべると引き返した。

「村瀬様……」

笙太郎は村瀬を呼び止め、改まった。

「その時は、茄子と胡瓜に生姜《しようが》も添えて持参致します」

村瀬は、ふっと笑って、踵《きびす》を返した。

その背中に、笙太郎は一礼した。

笙太郎は若生家の屋敷に向かい、南門で北川作兵衛への面会を求めた。

すぐに、いつぞやの客間に通された。程なくして、廊下に弾《はず》むような足音がして勢い良く障子が開いた。

「おお、叶殿。早々に段取りがついたようじゃな」

機嫌のよさそうな顔と声でそう言い、作兵衛はいそいそと上座に着いた。

作兵衛に従った女中が、上物の茶と茶菓子を供して下がった。

笙太郎は居住まいを正すと、作兵衛を真《ま》っ直《す》ぐに見た。

「北川様、申し訳ないことになりました」

その一言で、作兵衛の顔から機嫌のいい笑みがすうっと消えた。

「相対で済ます話ができなくなりました」

笙太郎は神妙に続けた。

「いったい、如何なるわけなのじゃ」

「誠心寺の住職が何者かの手によって拐かされたのです」

「何じゃと」

作兵衛の眼がわずかに泳いだ。

「住職に万が一のことがないよう、是非、お力添えをいただきたいのです」

「奇妙なことを申す。住職の拐かしに、何故《なぜ》、当家が関わらねばならぬのだ」

「常に北川様の跡を尾けていた深編笠の武士にお心当たりがございませぬか」

笙太郎の指摘に、作兵衛が渋面《じゅうめん》を拵《こしら》えた。

「はっきり申し上げまする、住職拐かしにはご当主が関わりありと、左様な嫌疑を抱いております」

作兵衛がむっと口をへの字に結んだその時。

「証《あかし》もなく無礼を申すと、そのままでは帰さぬぞ」

廊下から低いがよく響く声がした。人影が揺れて障子が開いた。敷居際に恰幅《かっぷく》のいい初老の男が立っていた。

「ご隠居様の寛十郎様じゃ」

作兵衛は小声で言うと、急いで上座を下がった。

笙太郎は軽く頭を下げた。

若生寛十郎は笙太郎を見据えるようにしながら上座に着いた。病で顔色は良くないが、眼には強い光を湛《たた》えている。

「こちらは秋草小城家ご家中、叶笙太郎殿でございます」

作兵衛が笙太郎を紹介した。

「初めてお目にかかります。叶笙太郎でござる」

会釈《えしゃく》をして真っ直ぐに顔を向けた笙太郎を目にして、一瞬だが、寛十郎の何もかもが静止したように見えた。

「若生寛十郎じゃ。不肖の息子とはいえ、当家の主《あるじ》を科人《とがにん》呼ばわりするとは聞き捨てならぬ。影次郎の仕業でないと判明致した暁には、何と致す」

「攫われた誠心寺の仕職は私の命の恩人でござる。その命の恩人が命の危険に晒《さら》されているならば、その身を助け出す手立てを模索するのは、武士の道、いえ、人の道でございまする」

「それで？」

「私は、妻に致したさ者とめぐりあいました。その者を護《まも》り、ともに生きるために、今、命を落とすわけには参りませぬ。しかしながら、私の申したことが過《あやま》ちであったとなれば、武士らしく、けじめをつける所存にござりまする」

笙太郎は寛十郎の鋭い視線を撥《は》ね返し、毅然《きぜん》と返答した。

「よい覚悟じゃ。そこまで申すならば、影次郎にかけられた嫌疑を晴らすべく、厳しく取り調べを致そう。それでよいか」

「はい」

「なれば、本日のところは引き取ってもらおうか。手土産《てみやげ》もない、すまぬな」

立ち上がろうとした寛十郎を笙太郎は呼び止めた。

「一つだけお聞かせくださいませぬか。あの懐剣、ご当家と如何なる関わりがおありなのでしょうか」

「ぶ、無礼であろう、叶殿」

作兵衛が慌てたように口を挟んだ。

「よい、作兵衛」

寛十郎は作兵衛を制して続けた。

「遠い昔、娘、信乃《しの》に与えた物だ」

寛十郎は淡々と口にした。

一方、笙太郎は息を呑んだ。

信乃——その名前を耳にした途端に、顔も知らない母の顔貌《かおかたち》がにわかに脳裏に立ち上ってきた。

「信乃は武家の身でありながら町人と情を交わし、身籠《みご》った。その不実を許せず、わしはこの手で相手の男を成敗した」

寛十郎の言葉を聞く筆太郎の胸に苦いものが込み上げた。

その筆太郎を射竦《いすく》めるように、寛十郎の眼光に鋭さが増した。

「娘は、わしを悪鬼とののしり、家を出た。腹の子の命まで取られると怖れたのかも知れぬ。それっきりじゃ。娘が今どうしているのか、皆目わからぬ。かれこれ二十三年も前のことだ」

遠い昔の出来事を、寛十郎はまるで昨日のことのように澱《よど》みなく語った。

話し終えて座を外そうとする寛十郎に、筆太郎はさらに問いを重ねた。

「今一つお尋ね申し上げます」

「だまらっしゃい、叶殿。無礼にも程があろう」

筆太郎は作兵衛の制止を聞かず、続けた。

「ご当主、影次郎様は、いまお伺い致した事情をご存知なのでございましょうか」

寛十郎は一つ間を置いて口を開いた。

「わしの口から話したことは一度としてない」

「ありがとうございます。寛十郎様に、私からも申し上げます」

笙太郎は身を乗り出すようにして寛十郎を見た。

「聞こう」

「まことに痛ましいことながら、信乃様は亡くなっておられます」

「何じゃと」

作兵衛が腰を浮かした。

「間違いないのか」

寛十郎は落ち着いた声で訊《き》いた。

「はっ、神仏に誓って」

笙太郎は瞬きもせず、寛十郎を直視した。

寛十郎から重い過去を打ち明けられて、己《おのれ》は何も語らずに屋敷を出る気にはどうしてもなれなかったのだ。

「よく聞かせてくれた。その方の気持ち、うれしく思う」

寛十郎の一言に、笙太郎は素直に喜びを覚えた。笙太郎の心の葛藤《かっとう》を寛十郎が受け止めてくれたからだ。

「作兵衛、詮議《せんぎ》じゃ」

寛十郎がきりりと眦《まなじり》を上げた。

その言葉は、影次郎の詮議をする強い意志に満ちていた。娘の信乃についてさらに聞きたい、知りたい気持ちはあるだろう。

だが、ここで話を切り上げたのは、親の情より武士の責務を優先した——そうした毅然とした意志を笙太郎に伝え、寛十郎は部屋を出て行った。

目付として常に第一線で働き続けた一人の武士の矜持《きょうじ》を感じた。

「叶殿、いずれ、また」

作兵衛は気懸《きがか》りを顕《あらわ》しながら、寛十郎の後に続いた。

——それにしても、随分と重い手土産をもらったものだ。

南門を出て、若生家の勇壮な屋敷を振り返った笙太郎は、心の内でそう呟いた。

頭の中で、風を唸《うな》らせて振り下ろされた白刃《はくじん》が煌《きら》めきを放った。

亡き母が言い交わした男は、身籠った母を残して、寛十郎の刃にかかって命を落としたとは……。

それでも、琴は、母の信乃が成仏したと言っていた。

そんな辛く悲しい思いをした母は、なぜ、成仏できたのだろうか。

——母には心残りがなかったのだろうか。

笙太郎の無事な成長を見届けたからだろうと琴は言った。

果たしてそれだけだろうか。

だが、いくら自問自答したところで答えはみつからなかった。

二

役宅に戻った笙太郎は入口に足を踏み入れようとして蹈鞴《たたら》を踏んだ。

入口の土間には、大小様々、鼻緒も色とりどりの草履と下駄が、きちんと脱ぎ揃《そろ》えられていたからである。

笙太郎はすぐにそれと察した。

「ただいま戻りました」

奥に向かって大きな声をかけると、にこやかな笑みを浮かべながら多恵が出迎えて板の間に膝を折った。

「お客様ですよ、さ、父上のお部屋に」

笙太郎が問いかけるより先に、多恵が伝えた。

多恵に案内されて久右衛門の部屋に向かった。開け放たれた部屋の前に立った時である。

「お帰りなされませ」

狭い部屋の上座にずらりと居並んだ面々から声がかかり、笑顔が向けられた。

望月家の家族一同が顔を揃えていた。

上座中央には五左衛門、五左衛門の両脇には美冬と千春、美冬と千春の隣には圭一郎をはじめ弟妹らが顔を揃えている。

下座には久右衛門がにこやかな笑みを浮かべている。

圧巻の光景を目にして、大概のことには動じない筆太郎も思わず腕組みをして唸った。

「この狭い部屋に……暑いでしょう」

「ささ、筆太郎もこちらへ」

多恵に促されていそいそと部屋に入った筆太郎は、久右衛門に勧められて下座の中央に座した。

「いやあ、かようにむさ苦しいところに、お揃いでよくぞ来てくだされた」

筆太郎は明るく言ってから、

「何事でございますか」

久右衛門の耳許に口を寄せて小声で訊いた。

「ええい、くすぐったい」

久右衛門が邪険《じゃけん》にすると、千春の弟妹らがくすりと笑った。

「五左衛門殿から何かお話があるとのことじゃ。お伺い致そう。では、五左衛門殿、よしなに」

久右衛門に促されて、五左衛門が一つ咳払《せきばら》いをした。

「本日は家族一同引き連れ、推参《すいさん》仕《つかまつ》り、申し訳ござらぬ。望月五左衛門でござる」

五左衛門はここでもう一つ咳払いをした。

「叶筆太郎殿」

「はい」

「これなる次女、千春は、父親のわしの口から申すのも何だが、実に心根の良い娘じゃ。気立てばかりでなく芯《しん》も強い、大概のことでは音を上げぬ。身体も丈夫で風邪一つ引かぬ。顔は見ての通り、美人とは申さぬが男好みの可愛い顔をしておる。わしがこのようにいくら褒《ほ》めても誰一人笑う者はおらぬ」

千春が顔を真っ赤に染めているのを見て、思わず筆太郎が小さく噴き出した。

「あっ、一人いました」

末娘の末が笙太郎を指差すと、どっと、一同が笑った。

笙太郎は千春と見交わし、ちろっと、舌を出した。

「静かに致せ、大事はこれからじゃ」

五左衛門のみが笑いもせず、真顔を拵えた。

「笙太郎殿、千春を嫁にもらってくだされ、この通りお願い申し上げる」

照れ隠しか、五左衛門がしかつめらしい顔で頭を下げると、

「お願いします」

家族一同が声を揃えて頭を下げ、千春も頰《ほお》を染めて頭《こうべ》を垂れた。

笙太郎は呆気《あっけ》にとられた。

「笙太郎」

傍らから多恵が袖を引いた。

「五左衛門様。一つお伺い致します」

「何なりと」

「はなはだ申し上げにくうござるが、千春殿が嫁がれると、望月家の暮らしに差《さ》し障《さわ》りがあるやに、懸念の声を耳に致しました。その辺りを忌憚《きたん》なくお聞かせ願

えませぬか」

笙太郎の問いかけに、五左衛門が、ちらと、美冬に視線を向けた。

「長女の美冬でございます。笙太郎様、いつぞやの晩は失礼申し上げました。また、本日はこうして多人数で押し掛けまして、久右衛門様、多恵様、心よりお詫《わ》び申し上げます」

美冬が淡々と、しかし歯切れよく話し始めた。

「実は、先達《せんだつ》て、このようなことがございました」

こう前置きをして、美冬が話を続けた。

数日前のこと、美冬は圭一郎以下五人の弟妹を伴い、久しぶりに近くの湯屋に行った。

顔から足の爪先まで磨き抜いての帰りの坂道で、大きな葛籠《つづら》を積んだ一輛《りょう》の大八車が立ち往生していた。その葛籠には、さる紙問屋の屋号が書かれていた。

難儀を見兼ねた圭一郎がすぐに手伝い始めると、一同打ち揃って大八車を押し始めた。

その時、車に積んだ幾つもの荷を括《くく》り付けた紐がにわかに解《ほど》けてしまい、車の台から滑り落ちた葛籠のうちの一つから中身が散乱してしまった。

圭一郎らは駆《か》けずり回って飛び散った紙を拾い集め、せっかくの湯屋帰りなのに誰もが汗塗《まみ》れになってしまった。

すると翌日、紙問屋の主が礼を言いに望月家の役宅を訪れた。

主から御礼がしたいが何が希望かと訊かれて、弟妹らは口を揃えてこう答えた。

「金子《きんす》を得られる仕事をください」と。

どうしてお金が欲しいのかと主がその理由を訊くと、弟妹らは「姉様をお嫁さんにしてあげたい」のだと答えた。

その意味が摑めない店の主がさらに訊くと、美冬が、望月家の家庭事情と家族を支える千春への負担とを、ありのままに打ち明けた。さらに、千春に良い縁談があることを付け加えた。

主は大層胸を打たれ、その場で子供らの願いを快諾したのだという。

「左様なことがございまして、わずかではございますが、皆で力を合わせてお金を得ることができるようになったのでございます」

美冬がそう結んだ。

店の主と同様、美冬の話を聞いていた笙太郎も目頭《めがしら》が熱くなった。

久右衛門と多恵も目を潤ませていた。

笙太郎は決意を固めて千春をみつめた。

「五左衛門様、千春さんを私の妻にいただきとう存じます」

笙太郎ははっきりと言い、五左衛門とその家族に頭を下げた。

弟妹から大きな拍手が鳴り、千春が目を潤《うる》ませた。

「かたじけない。笙太郎殿、千春をしあわせにしてくだされ」

五左衛門が口許を震わせた。

「千春殿は良い嫁になるぞ、笙太郎」

久右衛門が言うと、

「千春さん、よろしくお願いしますね」

多恵も千春に微笑《ほほえ》みかけた。

「こちらこそよろしくお願い申し上げます」

千春は深々と頭を下げ、手を突いた。

「では、笙太郎殿、久右衛門殿、多恵殿、お邪魔致した。これで御免《ごめん》仕る」

五左衛門は久右衛門と多恵の夕餉の誘いを固辞して、美冬らに目で退出を促した。

笙太郎は、望月家の面々が帰るのを表門の前で見送った。

千春の下駄の音がいつまでも軽やかに響いていた。

千春と初めて会ったのは護摩堂で雨やどりをした日だった。あの日、「そらご覧なさいってば」と独り言を呟き、立ち去った千春の下駄の音を耳にした時、千春が自分の妻になるような予感がした。外で何か嫌なことがあっても、暗い顔は決して家族に見せまいとする健気《けなげ》な千春の心の声を、あの軽やかな下駄の音に聞いたのだ。

笙太郎は天に向かってそっと語りかけた。

「琴の仕業ですね」

美冬の話を聞いている最中、大八車に積まれた荷の紐を解いたのは琴の仕業だと直感したからだ。

すると、「うふふ」という琴の声が空から降って来た。

三

笙太郎が若生寛十郎と初めて顔を合わせた次の日。

久右衛門は北川作兵衛に同行し、さるところに向かっていた。前触れもなく屋敷を訪ねてきた作兵衛から、寛十郎との対面を要請されたのである。

寛十郎の用件は、笙太郎のことか鉄心のことか、その何《いず》れかであろうと思い、久右衛門は会うことを承諾した。笙太郎が出仕している頃合いを見計らって作兵衛が訪問したのも、寛十郎が久右衛門との二人きりの対面を望んでいるのだろうと思った。

作兵衛に案内されたのはさる料亭で、その広い敷地内にある池泉回遊《ちせんかいゆう》式の中庭だった。

「あれに」

作兵衛が手を差し出した方向に目を向けると、池にかかる石造りの小橋の上に寛十郎の姿があった。

作兵衛につき従って、石橋まで歩みを進めた。

「ご隠居様、叶久右衛門殿でござりまする」

作兵衛が久右衛門を紹介した。

「お初にお目にかかります、叶久右衛門でござる」

「若生寛十郎じゃ、お呼び立てして申し訳ない」

寛十郎は丁寧に応じると、目配せをして作兵衛を下がらせた。

「暑いですな、向こうへ参りましょうか」

寛十郎は橋を渡って、葉を茂らせた欅《けやき》の木の下に久右衛門を案内した。

「庭ならば風が通るであろうと思ったのだが、風がぴたっと止《や》んでしもうた。いや、ご足労をおかけ致した」

久右衛門は寛十郎の気遣いに会釈を返した。

「先日、ご子息が屋敷に参ってな、懐剣について訊かれた。お聞き及びかな」

寛十郎は世間話もそこそこに本題に入った。

「いえ、筌太郎がお屋敷にお伺い致したことも、いま初めて伺いました」

久右衛門は訝《いぶか》りながら答えた。

「左様か。訊かれてこう打ち明けた。あの懐剣はわが娘、信乃に与えた物だとな」

久右衛門は言葉を失った。

あの懐剣の持ち主が若生家所縁の人物であろうとは推測していたが、まさか、寛十郎の娘であったとは――。

「ご子息からは、信乃はすでにこの世にはないと聞いた。そして、あの懐剣が、誠心寺に永らく保管されていたことも知った。

寛十郎が改まった。

「ご子息は、信乃の忘れ形見ではないのか」

寛十郎が澄んだ眼を向けた。

その一言で、久右衛門を本日ここに呼び出した寛十郎の真意に思い至った。

「仰《おお》せの通りでござる」

久右衛門は素直に認めた。寛十郎の、娘を想う父親の眼を見て、心がゆすぶられたからである。

「今日までよく育ててくださった。礼を申す。この通りじゃ」

寛十郎は感慨深げに大きく息を吐くと、深々と頭を下げた。

寛十郎の思いがひしひしと伝わり、久右衛門は胸を熱くした。

「どうか、お顔を、お顔を上げてくだされ」

久右衛門は恐縮して、寛十郎が頭を上げるまでその言葉を繰り返した。

「如何《いか》なる仔細があったのか、浅学な拙者《せっしゃ》などには窺い知れませんが、娘御を亡くされたお悲しみはさぞやと、ご心痛のほどお察し申し上げまする」

久右衛門は遠い日、寺の石段脇の大楠《おおくすのき》の下で初めて見た信乃を思い浮かべた。

「あの日、子のないわれら夫婦は、子が授かるようにと誠心寺にお参りに行き、そこで、産気づいた娘御と巡り合うたのでござる。娘御は最後の力を振り絞って、双子を産み落とされました」

「双子とな……それは初耳じゃ……」

寛十郎が驚いた。産んだ子が双子などと、大方の者は考えもしないだろう。

久右衛門は、男児と女児の双子だったが、女児は死産だったこと、さらに、信乃が男児には「笙」、女児には「琴」と名付けたことを話した。

「笙と琴……雅《みやび》な京の都に憧れを抱いていた信乃らしい名じゃ」

寛十郎はその名を口にして、何度も頷いた。

「娘御と巡り合うたのは御仏のお導きに違いないと妻と話し合い、また、寺の住職の強い勧めもあり、男児を貰い受け、笙太郎と名付けたのでござる」

寛十郎が胸に込み上げるものを堪《こら》えるように、大きく息を吐いた。

「墓は誠心寺にござる。ただ、娘御のお名前がわからず、墓標には、琴と、琴の母としたためました」

久右衛門はそう結んだ。

「世話になった」

寛十郎は目を瞬《しばたた》かせた。

「久右衛門殿とご住職とで、手厚く弔《とむら》っていただいたのですな。かたじけない。いや、本日は叶殿に会えてよかった」

寛十郎は重ねて礼を述べると、一呼吸置いて、こう続けた。

「次はわしの番じゃやな」

「と、仰せられますと?」

久右衛門が訝ると、寛十郎が微笑んだ。

「いや、わしも、己の務めを果たさねばならぬということだ。呼び立てて、すまなかった。さらばでござる」

寛十郎は目礼すると、踵を返した。

「若生様」

久右衛門が呼び止めると、寛十郎が柔和な視線を振り向けた。

「何やら、気懸りがおありのご様子とお見受け致しましたが……」

「わしは、人生の最後で道を誤った。すべてはわしの目の曇り、身から出た錆《さび》。これより先は運命《さだめ》のままに従うしかない。左様なことでござるよ」

寛十郎は穏やかな表情で答えた。

「本日の御用の趣《おもむき》は、おおよそ見当がついておりました。左様な覚悟も致して参りました。しかしながら、もしかすると、笙太郎を養子にとのお申し入れかと、左様な覚悟も致して参りました」


久右衛門が寛十郎の心情を推《お》し量ると、寛十郎は目礼を返して続けた。

「初めてご子息を目にした時」

「若生様、笙太郎とお呼びくだされ」

久右衛門は思い余って、声が高くなった。寛十郎が気を遣い、「ご子息」と呼び通すのを聞いて胸が痛むのを覚えていた。

「どうか、笙太郎と」

「かたじけない。笙太郎を目にした時、信乃の面影が重なり申した。目許の辺りが信乃に瓜《うり》二つ。凛々《りり》しく、眩《まぶ》しかった。あの者が家を継いでくれたらと、ほんの一瞬だが、左様《さよう》な思いが胸を過《よぎ》ったのも偽《いつわ》らざるところじゃ。だが、左様な身勝手が許されようはずはない」

寛十郎は淋しげに微笑んだ。

遠く、鐘が鳴り始めた。

鐘の音を聞いた寛十郎の目が厳しくなった。

そこへ作兵衛とともに険しい表情の武士がやって来た。

「おう、天野《あまの》か、わかったか」

寛十郎が天野と呼んだ腹心と思《おぼ》しき者に耳打ちされて、寛十郎の表情が厳しくなった。

「根岸《ねぎし》……」

寛十郎は久右衛門がいることも忘れたかのように、血を吐くような掠《かす》れ声を洩《も》らした。

「いずれまたお会い致そう」

すぐに穏やかな表情に戻った寛十郎は久右衛門に向かって静かにそう言うと、作兵衛らを従えて立ち去った。

――若生様、拙者とて、心のどこかで、もし、筆太郎が千五百石の旗本家に入れば、男子として活躍の場が広がることであろうと、淡い期待を抱いたのも正直なところでござる。

遠ざかる寛十郎の背中を見送りながら、久右衛門は心の中で本音を吐露した。

四

鬱蒼《うっそう》と生い茂る木立に囲まれた屋敷の濡《ぬ》れ縁《えん》に、談笑の声が高らかに響いた。

「若年寄《わかどしより》ご昇進、おめでとうございます。この日を一日千秋《いちじつせんしゅう》の思いでお待ち申し上げておりました」

善兵衛が、案内して来た大身の武士に向かい腰を低くして頭を垂れた。

「一日千秋などと大袈裟《おおげさ》なことを」

二人が高笑いをした時、奥から店の男が慌ただしく駆け寄って来た。

「騒々《そうぞう》しい、何事ですか」

男に耳打ちされた善兵衛が、にやりと不敵な笑みを洩らした。

「影次郎が死んだ？　そうかい、ふふふ」

「何事だ、善兵衛」

「いえ、座興を一つ試みておりまして」

「座興？」

「はい、御前の若年寄昇進がなかなか決まらないものでございますから、無聊《ぶりょう》を慰めるために。さぞや思い知ったことでございましょう……」

「何のことかさっぱりわからぬが、その座興も終わりということだな」

「はい、仰せの通りで。しかし、番頭さん、影次郎のことなどすっかり忘れておりましたよ」

善兵衛の地鳴りのような高笑いが耳の奥に鳴り響いて、笙太郎は跳《は》ね起きた。

「夢か……」

生々しい奇妙な夢で目覚めたその日、事件が急展開した。

鉄心の無事が確かめられたのである。

その報せをもたらしたのは、根岸で開業している稲垣三舟《いながきさんしゅう》という町医者の使いだった。鉄心は三舟の診療所で手当てを受けていると、使いの者が伝えた。

「鉄心和尚《おしょう》は無事なのだな」

笙太郎が使いの者に重ねて礼を言い、鉄心の無事を確かめたちょうどその時、久右衛門が帰宅した。

久右衛門は思いがけない朗報に声を上擦《うわず》らせた。

笙太郎と久右衛門は直ちに使いの者の案内で根岸に向かった。

西蔵院《さいぞういん》の裏手の百姓地を借りた広い敷地に建つ長崎《ながさき》の洋館風の建物が三舟の診

療所だった。

「鉄心」

久右衛門は診療所の土間に足を踏み入れるなり、屋内に向かい声を張り上げて名を呼んだ。

奥から総髪《そうはつ》を後ろで束ねた小柄な四十がらみの稲垣三舟が顔を見せた。

三舟に案内されて一室に行くと、久右衛門の呼ぶ声が聞こえたのだろう、布団《ふとん》の上に鉄心が身を起こして、筆太郎と久右衛門を迎えた。

傷跡が生々しく、片目も腫れが引いていないが、目には力があった。

筆太郎と久右衛門は鉄心の傍らに膝を折った。

「鉄心、よかった、よかった……」

久右衛門は鉄心の手を両手で包むようにして握《にぎ》った。

「和尚、よくぞご無事で……」

鉄心の無事を喜ぶ筆太郎の顔を見て、鉄心が顔を歪《ゆが》めた。

「ご無事だったのですな、よかった……。すまぬ、最後には何もかも喋《しゃべ》ってしまったのだ。奴等が筆太郎さんの命を狙うのではないかと、それぱかり案じておった……」

その語尾は掠れ、目が潤んだ。

「私はこうして無事ですよ」

笙太郎が安心させると、鉄心ははらはらと涙を流した。

笙太郎と久右衛門は改めて三舟に厚く礼を述べた。

三舟が、これまでの経緯を語った。

その夜遅く、一人の武士が三舟の診療所の戸を叩いた。その武士から、怪我人の手当てをして欲しいと、金子を置いて頼まれた。

三舟が手伝いの者を連れて川のほとりに建つ寮に駆けつけると、家の中は真っ暗で静まり返っていた。部屋に一歩足を踏み入れるなり、ぬるっと、気味の悪い感触がして、足が滑った。

手伝いの者が提灯《ちょうちん》で室内を照らすと、明かりの中に惨劇の跡が浮かび上がった。

障子は蹴破られ、鴨居《かもい》には刀が突き刺さり、飾り棚の脚が切られて棚が傾き、あちこちに血飛沫《ちしぶき》が飛んで、畳一面に血溜りがあった。足を取られたのは血溜りのせいだとわかった。

続きの間から呻《うめ》き声がした。近づいて提灯を翳《かざ》すと、墨染《すみぞ》めの衣が明かりの中に浮かんだ。僧侶《そうりょ》だとわかった。

三舟は火を移した行灯《あんどん》を引き寄せ、横たわる僧侶の傍らに膝を折り、縄を解いた。鉄心という名も確かめた。

鉄心の顔は青痣《あおあざ》や裂傷《れっしょう》が痛々しく、片目は赤く膨れ上がり、口許には黒ずんだ血がこびりついていた。

先《ま》ず鉄心の胸の音を聴き、それから頭、顔、胸、腹、背中、そして手足を触診した。三舟が身体の各所を押すたびに、鉄心の顔が痛みに歪んだ。

酷い打ち身だが、手足の骨は折れておらず、命に別条はないと診断した三舟は取り敢えずの処置を施して、鉄心を三舟の家に運んだ。

だが、傷と打ち身は酷く、鉄心は二日の間高熱にうなされたという。

「おぬしを拐かしたのは、若生影次郎だな？」

久右衛門が訊くと、鉄心が頷いた。

影次郎が鉄心を拐かしたのは、鉄心が懐剣にまつわる事情を知っていると睨《にら》み、鉄心を痛めつけるのが手っ取り早いと思ったのだろう。

そして、厳しい拷問を受けた鉄心は心ならずも、懐剣の持ち主、すなわち笙太郎と琴の実母のこと、過去の経緯を白状した。

「寺から連れ去られて四日目の夜遅く、いきなりいくつもの足音が雪崩《なだ》れ込み、刀が激しくぶつかりあって、悲鳴やら呻き声が上がったが、あっという間に静かになった」

凄惨《せいさん》な場面を思い起こしたのか、顔を歪めた鉄心だったが、影次郎が襲撃された一部始終を重い口調で語り始めた。

根岸の里は、裕福な町人や文人、あるいは武家の粋《いき》な寮や隠居所が数多く建ち並ぶ風情《ふぜい》ある場所である。

川沿いの一画に建つ一軒の立派な寮の次の間に、鉄心は縛られ転がされていた。墨染の衣は至る所が破れ、破れ目には血が滲《にじ》んでいた。

その日は夕方から影次郎と取り巻き五人、そして商家の主と思しき男が酒肴《しゅこう》の膳を囲んでいた。

「善兵衛、かような淋しい場所ではなく、他になかったのか」

影次郎ににじろりと睨まれて、善兵衛と呼ばれた男が恐縮した様子で答えた。

「北新堀の店の周りには何やら妙な男どもがうろついております。寛十郎の手の者かも知れません。ほとぼりが冷めるまで、ここにご逗留《とうりゅう》くださいまし。お酒と食べ物は存分にご用意致しますので、ご不便はおかけ致しません」

「麻布《あざぶ》の秘密の料亭には呼んでくれぬのだな」

訊かれて、善兵衛は笑って返答を避けた。

「わしはまだ、あそこに招くほど大事な男ではないというわけか」

「如何なさいましたか、いつもの若生様らしくもございませんな」

「言っておくが、わしは尻尾《しっぽ》を巻いて逃げ回っているわけではないぞ」

「何かお気に障《さわ》りましたようで、申し訳ございません」

善兵衛が笑いながら頭を下げると、ちらと、次の間に視線を投げた。

「しかし、私の申し上げた通りになったでございましょう？　その坊主を拐かせば事は動くと」

影次郎は苦々しげに盃《さかずき》を呷《あお》った。

「もはや用済みならば、さっさと始末なさったほうがよろしいかと」

影次郎がじろりと善兵衛を睨み据えた。

「貴様という男は……。何かと言えば、始末しろと。人の命は虫けらではないぞ」

「ほっほっほっ、借金取りを何人も殺《あや》めた御方から左様なお優しいお言葉を聞こうとは存じませんでした。では、嫌われ序《つい》でに申し上げましょう、叶笙太郎と果たし合いをなさいまし」

「果たし合いだと?」

「笙太郎の息の根を止めれば、若生家当主の座は当分の間安泰でございますよ」

「妙なことを申す。わしはすでに若生家の当主だ。笙太郎が何をしようと、当主の座は揺るぎない」

「笙太郎が死ねば、実の孫を失くして、ご隠居様はさぞや悲しみにうち震えることと思いましたが」

善兵衛が冷たい目をした。

「義父《ちち》上には何の関わりもあるまい」

「ふふふ、ま、そういうことにしておきましょうか」

善兵衛は蔑《さげす》んだような目を向けると、迎えの駕籠で寮を後にした。

ここまでの鉄心の話でわかったのは、鉄心が閉じ込められた根岸の寮は善兵衛の持ち物であり、鉄心拐かしを唆《そそのか》したのも善兵衛の仕業だったことだ。善兵衛はさらに笙太郎の命も奪おうと企《たくら》んでいた。

「善兵衛が立ち去って半刻(一時間)ほど後に、二人の侍が入ってきたのだ」

鉄心は続きを話し始めた。

「父上、かような陋屋《ろうおく》に何用でございますか」

影次郎の問いかけには答えず、寛十郎が目敏《めざと》く鉄心の横たわる続きの間に視線を飛ばした。

「一目瞭然《りようぜん》とはこのことだな。何故、かような愚挙を犯した」

「父上には関わりなきこと、どうぞお引き取りを」

「寺の住職を甚振《いたぶ》るなどの罰当たりを働き、何を探ろうとしたのだ」

影次郎は口許を歪めて、目を逸らせた。

「大方、わしと作兵衛の話を立ち聞きしたのであろう」

「父上もお年を召されて、気が弱くなられたか、耄碌《もうろく》なされたのか……」

影次郎は薄ら笑いを浮かべて続けた。

「家を捨てた娘御の忘れ形見などに、何故、左様にお会いになりたいのですか」

「何」

「拙者を家から追い出し、叶笙太郎を後釜《あとがま》に据える存念でござろう」

影次郎が語気を強めて寛十郎を睨み据えた。

「浅はかな。疑心暗鬼の影に怯え、独《ひと》り相撲《ずもう》を取っておったとは。左様な下衆《げす》な考えで、あれこれ動き回っておったとは情けない。恥を知れ、影次郎」

「拙者を下衆と仰せか」

「叶筌太郎なる者を養子に迎える考えなど微塵《みじん》もない。若生家はそちの代を以て断絶じゃ」

「断絶など、させは致しません。若生家の当主はこの影次郎。隠居の父上などに何の権限がございましょう」

「この期《ご》に及ぶまでに手を打つべきであった。その方が尾張様の血を引く身と思えば、気持ちが鈍った。わしの一生の不覚だ」

寛十郎が悔いを滲ませた。

「影次郎、潔《いさぎよ》く己の身を処せ」

「身を処せですと、それは如何なる意味合いでございますか」

「皆まで言わせるか。武士らしく、己で己の始末をせよということじゃ」

「拙者に腹を切れと仰せか。断る」

影次郎が声を荒らげて鞘《さや》を払うと、影次郎の配下五名も次々と鞘を払い、白刃が煌めいた。

「ご当主、ご隠居様に刃を向けられるとは何事でござる」

供の武士が寛十郎を庇って前に出た。

「下衆の刃の斬れ味、その身で味わわれますか」

影次郎は切先を伸ばすと、供の武士が羽織を脱ぎ捨てた。

羽織の下の白襷《しろだすき》を見て、影次郎の顔が引《ひ》き攣《つ》った時。

「かかれ」

間髪《かんはつ》を容《い》れず、寛十郎が鋭く声を発した。

その声と同時に、部屋の周囲の障子が蹴破られて、白襷に鉢巻き、股立《ももだ》ちを取った精鋭が一気に雪崩れ込んだ。

鉄心は時折苦しげな息を吐きながらも、見聞きした一部始終を話し終えた。

五

三舟の家からの帰途、久右衛門が筆太郎に打ち明けた。

「若生寛十郎殿に呼ばれて、会って参った。そちも会《お》うたそうじゃな」

「すみません、隠し立て致すつもりはございませんでした」

「いや、左様なことはよい。寛十郎殿から、今日までそちを育てたことに対して厚く礼を言われた。娘御、信乃殿のことも聞いた」

久右衛門は一度言葉を切った。

「あの日寛十郎殿が別れ際にこう申されたのじゃ。わしも務めを果たさねばならぬ、とな。人生の最後に道を誤ったと、そのようにも話しておられた……何か強い覚悟を固められたように、見受けたのだが、それが……」

「影次郎の成敗だったのですね」

筮太郎は最後に鉄心が語った寛十郎の様子を思い浮かべた。

鉄心によれば――

激しい雷鳴とともに駆けた稲妻が、影次郎の亡骸《なきがら》を青白く照らした。

その亡骸の傍らには、寛十郎が血糊の付いた剣をだらりと提げて立ち尽くしていた。

寛十郎は、白眼を剝《む》いて絶命している影次郎の亡骸の傍らに片膝を突いた。剣を脇に置くと、そっと影次郎の瞼《まぶた》を閉じてやり、瞑目《めいもく》、合掌した。合わせた手が微《かす》かに震えていた。

筮太郎は、養子とはいえ我が子を手にかけた寛十郎の悲痛な叫びを聞いた。

久右衛門ともども役宅に戻ると、思わず腹の虫が鳴くような美味《おい》しい匂いを風が運んできて、笙太郎の鼻をくすぐった。

入口の土間に、村瀬が手提《てさ》げの付いた鉄鍋を掲げて立っていた。鍋には木蓋《きぶた》、その上にきちんと布巾《ふきん》も掛けられていた。

「何じゃ、珍客じゃな」

久右衛門が皮肉を口にした。

「これはこれは、久右衛門殿もご一緒でござったか。お裾分《すそわ》けとやらをして進ぜよう。けんちん汁だ」

「恐縮です。温かいうちに馳走《ちそう》になりたいですが、夕餉《ゆうげ》にはちと早いですね」

笙太郎はありがたく頂戴《ちょうだい》すると、下女のお静を呼んでその鍋を台所に持って行かせた。

「独り身じゃと、手料理が苦にならぬようですな」

久右衛門のぞんざいな口の利きようや毒舌は毎度のことばかり村瀬は苦笑いを浮かべた。

「笙太郎、ではの」

久右衛門が奥の自室に向かうのを見届けると、村瀬の表情が真顔になった。

「若生家に坊主が入るのを見た。誰かが死んだらしい」

村瀬が視線を向けたが、笙太郎は惚けて黙っていた。

「いずれ、詳《つまび》らかになることだろう」

そう言って、村瀬は話題を変えた。

「実はな、口入屋の『月蔵』に張り込んでいたのだ。ちと妙なことがわかってきた」

村瀬は声をひそめた。

「月蔵の主、善兵衛、元は旗本なのだ」

「香月蔵人……」

間髪を容れず応じると、村瀬が、じろりと、笙太郎に目玉を転がした。

「いつぞや、乗合船で口入屋の善兵衛と乗り合わせたのですが、その善兵衛に向かって、香月蔵人殿と呼びかけた者がありました。善兵衛が人違いだと強く打ち消しておりましたのをよく憶えております……」

笙太郎はそう打ち明けた。

村瀬によれば――

今を遡《さかのぼ》ること十年前、香月蔵人は、持参金付き養子を何件も斡旋《あっせん》し、不正な蓄財を働いた科《とが》で重追放となった。

重追放とは、追放刑の中で最も重い刑罰である。

御構場所《おかまいばしょ》は、犯罪地および主に三都（江戸・大坂・京都）に加えその周辺のいわゆる関八州《かんはっしゅう》や山城《やましろ》、大和《やまと》、摂津《せっつ》、河内《かわち》、和泉《いずみ》のほか肥前《ひぜん》、東海道街筋、木曽路《きそじ》筋、及び甲斐《かい》、駿河《するが》などで、再び住むことはもとより立ち入ることも禁じられた。さらに付加刑罰として、田畑、家屋敷、家財すべて闕所《けっしょ》になった。

「善兵衛という他人に成り済まし、江戸に舞い戻ったのが四年ほど前のようだ。江戸を追われていた五、六年の間、何処で何をしていたのか、それはわからぬ。いずれにせよ、蓄えた不浄の金を元手に口入屋を開業した。元来、商才のある男だ、今度は商人としてのし上がって行くつもりだろう」

「屋号の月蔵は、香月蔵人から取ったのですね」

「そうだ。挑発的な屋号を付けたものよ」

挑発的という言葉を耳にして、筆太郎の脳裏にあることが過った。

「気がついたか、相変わらず勘の鋭い男よ」

「旗本を管轄するのは若年寄。その若年寄の下で旗本の行動に目を光らせているのが目付です」

「そうだ、香月蔵人を断罪したのは目付の若生寛十郎だったのだ」

村瀬に言われて、思い起こした。

取り立ての男三人の殺害、鉄心拐かしはいずれも善兵衛が陰で糸を引いて、影次郎を唆した事件だ。

影次郎に不祥事を重ねさせて若生家の名に傷を付け、当主の座を追われるのではないかという影次郎の疑心暗鬼を煽《あお》った挙句、行き着いたのは、寛十郎による影次郎の成敗だった。

善兵衛こと香月蔵人の狙いが露《あらわ》になった。

寛十郎への復讐である。

江戸に舞い戻った蔵人は、いつの日か仕返しをしようと、寛十郎への憎悪を掻き立て、復讐への昏《くら》い炎を燃やし続けていたのだ。

浅草奥山の鞘当て事件を仲裁した折、影次郎と善兵衛が顔見知りだと知った。

あの時すでに善兵衛は影次郎を金で籠絡《ろうらく》して復讐の手駒にしつつあったのか。

いつか夢に見た善兵衛の黒い高笑いが、笙太郎の耳許で響いた。

「生姜は如何致した」

村瀬の声で我に返った。

村瀬がいつもの癖で、身体を斜《はす》にし、懐《ふところ》手《で》をした手で顎《あご》を撫《な》でながら、じろりと目玉を転がした。

「久右衛門殿から聞いたが、近く嫁を貰うそうではないか。なれば、死ぬわけには参るまい。生姜の用意だけは忘れてくれるなよ」

村瀬が悪戯《いたずら》っぽく笑って引き揚げた。

自室に向かい廊下を歩いていた時である。

部屋の中から、ぱさっと、何かが落ちる音がした。中を覗くと、畳の上に見開いたままの綴りが落ちていた。

地震でもないのにと訝りながら、笙太郎はその綴りを拾い上げた。

開かれていた頁には、千住大橋を渡って来た女たちの一人、泣きぼくろの女の横顔と折り鶴の絵が描かれていた。いつか厚姫に読み聞かせた日の日記だった。

その絵を見ていると、いつか味わった奇妙な感覚に襲われて、目を閉じた。

すると、鬱蒼《うっそう》とした木立が脳裏に映じた。その光景に重なって、唸りを上げる竹刀《しない》の音と女の悲鳴が聴こえて来た。両手首を縄で縛られ、中庭の木の枝に吊るされた若い女が、揃いの半纏《はんてん》を来た二人の男に烈しく折檻《せっかん》されていた。

そこで夢から覚めたように我に返った。

「あの木立は、麻布辺りの屋号のない料亭ではないか……」

そう思い出すと、うら寂しい女の唄声が耳許に甦《よみがえ》った。その屋敷の裏手の閂《かんぬき》の掛けられた門の向こうから聴こえて来た唄声である。

「そのひと、筌兄さんが来るのを待っているのよ」

琴の哀しげな声が降って来た。

「琴、その女は、もしや鶴という名ではないのか」

「そう呼ばれていた」

「琴、琴はそこにいるのだな？　そうだな？」

「そう」

「それでわかった、さきほど私の脳裏に映じた光景は、琴が目にした光景なのだな？」

「筌兄さん、急がないと」

筌太郎の問いかけは、琴の切迫した声に遮《さえぎ》られた。

六

筌太郎は馬喰町の宿屋を駆け巡った。そして、捜し当てた山野龍助を伴い、麻布の木立に囲まれた屋号のない料亭に向かった。

　笙太郎は巧《たく》みに人目を避け、油断なく足音を忍ばせながら屋敷の裏手に回った。

　門の掛けられた門に近づくと、龍助が「ああっ」と小さく声を洩らした。女の唄声が低く流れ聴こえてきたのである。相馬の地唄なのだろう。

　笙太郎は気配を殺して門に身を寄せると、低く声を抑えて問いかけた。

「お鶴か」

「誰だい」

　中から、低く抑えてはいるが驚きを含んだ女の声が返った。

「叶笙太郎と申す者だ」

「誰かに頼まれてこの館を探っているのかい?」

「違う、お鶴を捜しているのだ、見つけ出してその父親に会わせてやりたいのだ」

「ほんと?」

「偽りではない。お前はお鶴なのだな」

「叶様、叶様っていったね。いつか、いつかきっと誰かが来てくれると信じていたんだよ、やっと来てくれたんだね」

女の言葉を聞いて、思い至った。この門は不浄門、棺桶を運び出す門ではないか。気味悪がって誰も近づこうとしないのを見越して、女はここで助けがくるのを待ち続けていたのだろう。

「お前は相馬から出て来たのか、三年前に」

「そうだよ……」

「もしや、泣きぼくろがあるのではないのか、右の目許に」

「旦那《だんな》、どうしてそれを……」

龍助の目が期待に大きく見開かれた。

筆太郎は、懐から綴りを取り出し、千住大橋を渡って来る娘らを描いた頁を開くと、戸板の隙間にそっと差し込んだ。

綴りに手を添える感触が伝わった。

「お鶴ちゃんだ……」

懐かしげな声が洩れ聴こえた。

お鶴の名をちゃん付けで呼んだ女の言葉を、筆太郎は訝った。

「そうだよ、折り鶴の柄の着物を着てたっけねえ、お父《と》っつぁんが無理をして仕立ててくれたんだって自慢してたっけ……これ、旦那が描いたのかい、上手だねえ……お鶴ちゃんのお父っつぁんに見せてやりたいねえ……」

龍助が目頭を押さえた。

「旦那、ごめんよ」

いきなり綴りが押し戻された。

「どうしたのだ、お鶴」

「あたしはお鶴じゃない、比呂《ひろ》っていうんだ」

「どういうことだ」

「お鶴ちゃんは死んだよ」

奈落の底に落とされたように龍助の顔から血の気が引いた。

「お鶴ちゃんは、怒られてばかりのあたしのことをよく庇ってくれたのよ。お侍の娘なのに、とっても優しい娘《こ》だった……あたしはお鶴ちゃんの名前をもらって、お鶴ちゃんの分まで生きてやるんだって、そう思って今日まできたんだ……人非人《にんぴにん》だよ、善兵衛って奴は」

比呂は憎々しげに吐き捨てた。

「善兵衛だと？　この屋敷は善兵衛の物なのか」

「そうさ、旗本や大店《おおだな》の主、人気歌舞伎《かぶき》役者を相手に、夜な夜な、酒と女の乱痴《らんち》気《き》騒ぎさ。あたしはその相手をさせられるんだ、わかるだろ？」

比呂の話を聞いて、笙太郎は嫌悪を覚えた。

「比呂、お前が知っている善兵衛の所業を洗い浚《ざら》い聞かせてくれ」

「わかった……」

比呂が善兵衛の悪事を語り始めた。

いい仕事があるという甘い言葉に乗せられて、困窮した百姓や郷士の娘たちは江戸に連れてこられた。給金の半額は積み立てて年季明けに利子を付けて返すという名目で、実質は半分の給金で働かされた。酷使されて一年経つと、女たちはみな、千住の岡場所に叩き売られた。苦役のなか、多くの女が病を得て、短い間に次々と命を落とした。

「お鶴ちゃんのように死んでいった女は何百人といるんだ」

比呂が血を吐くように言ったが、いくら死んでも、売られてくる女は跡を絶たなかった。

江戸を追われ北国に流れた善兵衛こと香月蔵人は、女衒《ぜげん》を使って人買いを繰り返していたのだ。

「だが、お前はどうしてここにいるのだ」

「あたしも岡場所に売られたんだけど、ひょんなことで、善兵衛の奴に見初《みそ》められたらしくてさ、それからはここで夜毎偉いお役人たちの接待さ。あたしみたいな女はここにも沢山いるんだ。そして、死んだらこの門から出て行くんだ……」

泣きながら額《ひたい》でも打ち付けたのだろう、門が何度も音を立てて揺れた。

すべてがわかった。

人を人とも思わぬ、人の命を一匹の虫よりも軽んずる善兵衛こと香月蔵人は女の生き血を吸って財を成し、今の地位まで駆け上がって来た毒蜘蛛《どくぐも》なのだ。

「比呂とやら、逃げよう」

「ううん」

「何故だ、今なら逃げられる」

「そんなことしたら、お鶴ちゃんや皆にあの世で顔向けができやしないよ」

「そんなことはない」

「あたしは死ぬまでここにいる。いつか、善兵衛の寝首を掻いてやるんだ……」

戸板の隙間から、そっと、一本の簪《かんざし》が差し出された。

「お鶴ちゃんのだよ」

笙太郎は簪を手にした。

「年季が明けたら、それを挿《さ》して相馬に帰るんだって、お鶴ちゃん、いつも言ってた……誰か来た、帰って」

「このあま、こんなところにいやがった」

男の荒々しい声がして、何人かの足音が近づいた。比呂が悲鳴を上げながら引き摺《ず》られて行く様子が窺えた。

手許に一本の簪が残った。

「お鶴さんに、故郷の山河を見せてあげてください」

笙太郎はお鶴の形見の簪を龍助に手渡した。

「かたじけない……叶殿、このご恩は終生忘れませぬ」

龍助は娘の簪を両手に包んで、深々と頭を垂れた。

この夜、龍助は江戸に別れを告げて相馬に旅立った。月も星も出ていない漆黒の闇に閉ざされた晩だった。

――命愛おしく……許すまじ。

笙太郎は内なる剣の鯉口を切った。

七

その日。

夜来の雨も上がって、新吉原の中通りの両側は、溢れるばかりの見物客で埋め尽くされていた。

通りを挟んで建ち並ぶ切見世《きりみせ》の二階にはどこも、出窓に腰かけた居続けの客や遊女の顔がのぞいている。

口入屋の月蔵の名で、当代人気歌舞伎役者三人の練《ね》り歩きがあると、広く江戸に告知されていた。

通りを埋め尽くしていたのは、まもなく眼前にその姿を現わすはずの三人の歌舞伎役者の揃い踏みを一目見ようとする観衆だった。

この日、善兵衛はさる旗本の若年寄昇進を祝い、吉原を貸し切るという豪勢な催しを企画していた。招かれた三人の歌舞伎役者は、その催しを盛り上げるための客寄せだった。

最前から、景気のいい拍子木の音が聴こえている。

ある切見世の二階で拍子木を打ち鳴らすのは、極彩色の布を継《つ》ぎ接《は》ぎしたような派手な着物を着た男だった。

男が、踊りでも踊るような大きな身振り手振りで拍子木を打ち鳴らすと、遊女らからやんやの喝采《かっさい》が浴びせられる。

その男は、町人に身形《みなり》を変えた村瀬である。

「いいか、みんな、善兵衛様が来たら手筈《てはず》通り一斉に。いいな」

「はあい」

元気のいい遊女たちの喚声が上がる。

村瀬は、向かい側の二階に向かって拍子木を打ち鳴らしながら大声を張る。

「そっちもいいか」

「はあい」

向かい側からも手を振る遊女らの明るい声が返ってくる。

それらの様子を、筆太郎は向かいの軒下に佇《たたず》んで静かに窺っていた。その筆太郎に村瀬が目配せを送ってきた。

その時、通りの向こうで、音高く立て続けに爆竹が爆《は》ぜて白煙が立ち上った。

同時に、大きな歓声と拍手の音が巻き起こり、波のようにうねった。

いよいよ輦台《れんだい》の練り歩きが始まった。

やがて、中通りの向こうから何台もの輦台がゆっくりと練り歩いてくるのが視界に入った。

先頭の輦台には善兵衛と若年寄昇格の決まった旗本、森博忠《もりひろただ》。次いで、人気歌舞伎役者を乗せた輦台が三台続く。

善兵衛の輦台を担《かつ》ぐ担ぎ手の中に伊三の姿がある。

善兵衛を乗せた輦台が村瀬の眼下に近づいた時、村瀬が烈しく拍子木を打ち鳴らした。

折しも、たれこめていた雲が切れ、雲間から陽が射し込んだ。

「さあ、いくぜ。善兵衛さま！」

村瀬の掛け声をきっかけに、通りを挟んで建ち並ぶ楼の二階の窓から、遊女らが歓声を上げながら紙吹雪《かみふぶき》を一斉に降らせた。

「撒《ま》け、撒け、もっと撒け」

村瀬が叫びながら拍子木を叩き続ける。

笙太郎は懐に忍ばせていた四寸（約一二センチ）余りの棒手裏剣をそっと取り出した。

紙吹雪は雪簾《ゆきすだれ》のように降り続いて、一瞬、善兵衛の姿が掻き消えた。

——供養なり。

笙太郎は、善兵衛に狙いを定めて手裏剣を打った。

舞い落ちる紙吹雪を縫い、光の尾を引いて、善兵衛の頸《くび》を深々と貫いて止まった。

顔に笑いが張り付いたまま、輦台の上の善兵衛の息の根は止まっていた。

笙太郎は素早くその場を離れた。

紙吹雪の中、輦台の練り歩きはさらに続いた。そして、笙太郎が人混みを割って脇道に抜け出て来た時、その背後で大きな悲鳴が湧き起こった。

折り鶴が飛んだ。

鶴は、大空に架かる虹に向かい、翼をはためかせた。

空を見上げた笙太郎の眼に、確かにそう映じた。


数日後。月番の北町奉行所が動いた。北町奉行直々《じきじき》の出役《しゅつやく》で麻布の善兵衛の館に踏み込み、同時に別働隊が北新堀の月蔵を捜索、善兵衛一味を一網打尽にした。そこから泥縄式に善兵衛一味に加担した者どもを検挙した。

吟味は素早く行なわれ、大方の者に死罪、遠島が申し渡された。

館で働かされていた比呂をはじめとする女たちはすべて解き放たれ、善兵衛に買われて岡場所で働く者らにも救いの手が差し伸べられた。

終章　夫婦《めおと》鶴

一

そろそろ暑さも峠を越えたかと思わせるような涼風が吹き渡る昼下がり。

笙太郎が御役目を終えて役宅に戻って着替えをしていると、下男から北川作兵衛の来訪を告げられ、長屋門まで迎えに出た。

「おう、おられたか。あるいは町歩きに出かけられたかと、懸念しておったのだが、お会いできてよかった」

腰元を従えた作兵衛が安堵したように笑みを浮かべた。

腰元は、紺地に白く家紋を染め抜いた掛袱紗《かけふくさ》で覆った儀礼盆を抱えていた。

「むさ苦しいところですが、さ、どうぞ」

笙太郎は二人を客間に案内した。

「さっそくじゃが」

作兵衛は供された茶を一口含むと、神妙な面持《おもも》ちで切り出した。

「先般、当家当主、影次郎様が急な病を得て、お亡くなりになった」

作兵衛はしかつめらしい顔でそう告げた。

「それは、ご愁傷様《しゅうしょうさま》でございます」

笙太郎は素知らぬふりをして真顔で返した。

影次郎の急病死の件はすでに寛十郎から公儀に届けられ、受理されたという。

寛十郎はまた、蜂須賀家の江戸屋敷を訪問し、影次郎の実父である次席家老に
その事実を告げ、互いに悔やみの言葉を言い交わしたとのことだった。

「左様、お心得願いたい」

作兵衛は一度、そう、結んでから、口調を改めた。

「ご隠居様には、誠心寺の住職拐《かどわ》かし疑惑の一件は、叶殿との約束を違《たが》えることなく、厳正にご詮議《せんぎ》なされるお心積もりでござった。だが、にわかにかような事態と相なり、それも叶わなくなった。そのことを叶殿に深くお詫《わ》びしたいと仰《おお》せられていた」

笙太郎は黙って会釈《えしゃく》を返した。

「ただ、仄聞《そくぶん》したところ、寺の住職の身柄がさる町医者の手によって保護された

とのこと。その旨をお伝えすべく使いの者を走らせたのだが、聞いていただきましたな」

作兵衛は惚《とぼ》けた表情で訊《き》いた。

「伺いました。お報《しら》せをいただき、直ちに駆《か》けつけまして、住職の無事を確かめ、見舞って参りました。お手数をおかけ致しました」

「それは祝着《しゅうちゃく》……ま、左様なことでござる」

作兵衛は話題を変えるように膝を一つ叩くと、傍《かたわ》らに畏《かしこ》まっていた腰元に目配せをした。

腰元は脇に置いていた掛袱紗の掛けられた儀礼盆を手にして立ち上がると、作兵衛の前にそれを置いた。

作兵衛が恭《うやうや》しく掛袱紗を取り払うと、黒漆塗りに金蒔絵《きんまきえ》の家紋をあしらった盆の上に、桜色の錦の袋に納められた懐剣が載せられていた。

「亡き信乃様の懐剣でござる。先達て、ご隠居様の強いご意向もあり、誠心寺の住職に改めて礼を申し述べて参った。その折、近々、叶殿が祝言《しゅうげん》を挙げられる旨聞き及び申した。その吉報にご隠居様も大層お喜びになられた。ついては、この御品は、緑組みの祝いの印として叶殿にお贈り致せと、ご隠居様から左様に言付かり、本日こうして参った次第でござる」

作兵衛はここで居住まいを正した。

「叶殿、おめでとうござる。どうぞお受け取りくだされ」

作兵衛は祝いを述べると、懐剣の載った儀礼盆を筆太郎の前に滑らせた。

「ありがたく頂戴《ちょうだい》致します」

筆太郎は懐剣を押し戴くと、盆を作兵衛の前に滑らせた。

筆太郎の妻となる者にこの懐剣を与えたいという久右衛門の気持ちを寛十郎が知るはずはないが、結果として久右衛門の念願が叶えられたのである。

筆太郎は感慨も一入《ひとしお》、改めて手にした懐剣を見つめた。

「それから、これはご隠居様からの心ばかりの祝いとのことじゃ」

作兵衛は懐《ふところ》から金包みを取り出して、筆太郎の前に置いた。

「末長く幸多かれと、ご隠居様も願っておられた」

「ありがとうございます」

筆太郎は金包みを押し戴いた。

作兵衛が、ふと、物悲しげな表情を浮かべた。

「その懐剣を拙者が買い求めたのは、先年、永年に亘《わた》り連れ添った奥様を亡くされたご隠居様が、さらに病を得て心弱くなっていた矢先のことであった。降って湧いたように現われた懐剣を目にされたご隠居様は、百に一つ、いや、万に一つ、生きておられるならば信乃様に会いたい……信乃様が若生家を出られた時には、身籠《みごも》うておられましたので、あるいは立派に成人した息子か娘がおるやも知れず、叶うことならば、その孫にも会ってみたい……と、左様に願っておられた。いや、これは拙者がご隠居様のお心の内を推《お》し量るばかりで、ご隠居様はただの一度として左様なことを口に出されたことはなかった。娘を思い孫を思うその心情は一点の曇りもない親心であり人の情でござる。決して若生家の跡継ぎを期待した心根ではなかった。それは、信じてくだされ」

語り終えて、作兵衛は目許を拭った。

時鳥《ほととぎす》が啼《な》いた。

その啼き声を汐《しお》に、作兵衛が腰元に目配せして儀礼盆を下げさせた。

「いや、長話をしてしまった。これにてお暇《いとま》致す」

「北川様」

腰を上げようとした作兵衛を、筆太郎は呼び止めて訊いた。

「甚《はなは》だお訊ね致しかねますが、若生家は如何相なりますか」

作兵衛は、すべてはご公儀のご意向次第だと言い、こう続けた。

「ご隠居様はこう仰せであった。叶殿にはこれからも叶家の主《あるじ》として存分にその力を発揮し、御役目に取り組んでもらいたい、とな」

作兵衛は巧みに笙太郎の問いをはぐらかした。

おそらく寛十郎は若生家の断絶を覚悟しているのだろう。

「北川様、香月蔵人という者をご存知ではありませんか」

笙太郎は重ねて訊いた。

「香月蔵人じゃと？　その者なれば、十年前、ご隠居様が目付の要職でその腕を振るわれていた時に、所業不届きにつき断罪に処した旗本じゃ。それが如何《いかが》致したのだな？」

「いえ、ありがとうございました」

笙太郎は言葉を濁《にご》した。

寛十郎は、影次郎の背後に寛十郎への復讐の昏《くら》い炎を燃やす善兵衛こと香月蔵人がいたことを知らなかったようだ。善兵衛の正体を知らぬまま、己《おのれ》の武士道を貫《つらぬ》いて、養子とはいえ契《ちぎ》りを結んだ我が子である影次郎を斬ったのか……。

笙太郎の胸中は複雑に揺れた。

見送りを固辞し、中庭の玉砂利《たまじやり》を踏み鳴らして帰っていく作兵衛の後ろ姿を、入口の陰からそっと見送った。

作兵衛の背中が、少し老いたように見えた。

二

筆太郎は三田の紙問屋を訪れ、日記帖に使用する紙を注文した。この店で千春の弟妹らが働いているのだが、奥で働いているのか顔を見ることはできなかった。

帰途、そぞろ歩いていると、ばったり村瀬と顔を合わせた。村瀬とは、新吉原以来である。

「村瀬様、このたびはお世話になりました、ありがとうございました」

筆太郎は改めて礼を述べた。

「ふふふ、茄子と胡瓜に生姜、美味かった」

村瀬は照れたように目を逸らした。

「伊三は如何致しておる」

「いつものように、生真面目に働いております」

「うん、それはよい」

笙太郎と村瀬は互いに多くを語らないが、新吉原の一件に際しては、伊三の目に見えぬ働きがあった。

笙太郎が話題を変えた。

「村瀬様、本日は何処《いずこ》にか参られましたか」

「ん、何故《なぜ》だ」

村瀬が訝《いぶか》った。

「いえ、何となくそう思っただけです」

笙太郎は曖昧《あいまい》に答えた。実は、そう言うのも何やら小賢《こざか》しく口幅《くちはば》ったい気がして口に出さなかったのだが、村瀬がとても穏やかないい顔をしていたので、いい芝居でも観て来たのではないかと、そう思ったのだ。

「実はな、今日でしまいだと聞いて、蜂須賀家の江戸屋敷に行って参ったのだ」

「ああ、襖絵《ふすまえ》をご覧になられたのですね」

「おぬしも観たのか。実に見事な絵だった。もっとも、俺には絵心などないので、本当のところはよくわからぬが」

村瀬は照れて大きく笑った。

「あの襖絵を描いた清風なる絵師、元は商家の惣領《そうりよう》だそうだ。惣領なれば家を継がねばならぬのだが、絵に対する熱意が冷めやらず、自ら望んで勘当され、絵の修業に打ち込んだという」

「それは初耳です」

「蜂須賀家には、ひょんなことで知り合いになった男がいてな、その男から聞いた講釈の受け売りだ。それにしても、よくぞ左腕一本であの境地に達したものよ。俺はその男に、絵師は何故、片腕なのかと訊いた」

「何と仰せられましたか」

「よく訊かれるそうだが、清風はそのことだけには口を噤《つぐ》み通したというのだ。ただ、天罰が下ったのだとだけ、口にしたという」

「天罰……。それで、清風は今いずこに」

「絵を描き上げ、人々に公開して間もなくこの世を去ったそうだ、病でな」

すると、千春と一緒に襖絵を鑑賞してまもなくのことだったのかも知れない。

千春と襖絵を観に行ったあの日、絵を観る人々の様子を柱の陰からじっと見ていた片腕の清風を思い出した。人々が感嘆する様子を見て引き上げて行った清風は、今にして思えば、人生の幕を下ろすかのように満ち足りた表情をしていた。絵師にとって、作品一枚一枚が生きた証《あかし》に違いない。そして、人生の最後に人々を圧倒する作品を描き上げたのだ。

「清風は本望だったでしょうね」

笙太郎はしみじみと言った。

「良い目の保養ができた」

そう言って別れて行った村瀬が、足を止めて振り返った。

「ああ、若生寛十郎殿がおられた」

「えっ」

「襖絵の前に、身動《みじろ》ぎ一つせず端座していた。あたかも襖絵と語り合《お》うているかのようであった」

村瀬はそう言い残して立ち去った。

寛十郎は、蜂須賀家の次席家老を弔問《ちょうもん》した際に、清風の襖絵のことを知ったのかも知れない。人の一生を暗示した清風の襖絵と語らいながら、影次郎を失った虚《むな》しさを埋めようとしていたのだろうか。

そんなことを思いながら一歩足を踏み出した途端、どきんと、痛くなるほど胸が音高く鳴った。

笙太郎の脳裏に、ある憶測が過《よぎ》ったのである。

――まさか。

動悸が高まるなか、笙太郎は思考を巡らせた。

寛十郎は、娘、信乃の相手の男を成敗したと言った。笙太郎はその言葉を額面通りに受け取り、男を斬り捨ててその命を奪ったものと思い込んでいた。

だが、もし、母、信乃の相手の男が絵師、清風だったならば――

次の瞬間、雷鳴のように脳裏に浮かんだ光景が笙太郎の魂《たましい》を烈《はげ》しく揺すぶった。

その光景とは、寛十郎が清風の右腕を斬り落とす場面だった。

絵師の命ともいうべき右腕を斬り落とす――それこそが、町人の分際で直参《じきさん》旗本の娘を奪った憎き男へ、寛十郎なりの報いを与えたことにはならないか。その男の命を奪ったに等しい成敗だったのではないのか。

笙太郎は自らの想像に打ち震えた。

だが、それは証のない笙太郎の憶測に過ぎない。

右腕があれば、あの襖絵の域に到達するのが十年早かったのではないか。

――いや、そうではないのかも知れない。

笙太郎は自ら問いを発し、自ら打ち消した。

右腕を失ったことも含めて清風の人生であり、絵師の道だったのだ。その修羅と試練を経てこそ、あの作品の技と境地にまで到達したと考えるべきなのだろう。

笙太郎は、もはや見ることが叶わなくなった清風の襖絵を今一度目にしたいと願った。清風が命の残り火を燃やし、命の息吹《いぶき》を吹き込んだ遺作の襖絵を――。

突然、笙太郎はある思いが胸の奥から突き上げ、ほとばしるのを覚えた。

母、信乃が成仏できた理由は、清風にあったのではないか。

絵師の命である右腕を失った清風が、直ちに絵筆を持つ手を左手に変えたとは思えない。そこに至るまでには、凡庸《ぼんよう》な者には想像を絶する苦悩と葛藤《かっとう》があり、挫折《ざせつ》があったに相違ない。幾度となく死を考えたことさえあったのではないだろうか。

――もしかすると。

自死を図り、いつかの笙太郎と同じように三途の川の前まで行ったのかも知れない。

もし、そうであれば、きっと、母信乃の魂が清風の前に現われて、三途の川を渡るのを押し止め、清風をこの世に戻したに違いないのだ。

永い葛藤を経て、清風は再び絵筆を取った――のだとするならば、今一度生き直そうと心に誓った清風の姿を見届けた時に、母の心残りは氷解し、成仏できたのではないだろうか。

――母上……そして、父上……。

漸《ようや》く真実に辿《たど》り着けた――そんな思いに包まれて、笙太郎は歓喜に打ち震えた。

三

祝言の行なわれる部屋の床の間には、上級武士の祝言のように華美にはできないが、白布を敷き、多恵が心尽くしの飾り付けを施《ほどこ》した。

台所では、笙太郎の同役の内儀らが寄り集まって、賑《にぎ》やかに手際よく祝いの手料理作りに勤《いそ》しんでいた。

夕刻からは、江戸留守居役の特別の計らいで、長屋門に幔幕《まんまく》が張られ、門前には篝火《かがりび》が焚かれた。

笙太郎の役宅の前にも赤々と篝火が燃えている。

夜の帳《とばり》が下りて、裃《かみしも》姿の笙太郎も役宅の前まで出て、花嫁の到着を待った。

様子を見にやったお静が、息を弾ませて戻って来た。

「旦那様、花嫁御寮がお着きになりました」

笙太郎は表門に迎えに行く。

千春を乗せた駕籠《かご》がわずかばかりの供とともに秋草落の屋敷の門前に到着していた。駕籠の供は裃を着た圭一郎が率いる、千春の弟妹五人だった。

圭一郎は笙太郎に深々と一礼すると、駕籠の傍《かたわ》らに片膝を突いて、駕籠の引き戸を開けた。

駕籠の中から白無垢《しろむく》の打掛に綿帽子という出で立《いた》ちの千春が静かに降り立ち、笙太郎に深々と頭を下げた。その胸元には、寛十郎から祝いとして贈られた懐剣を帯びていた。

笙太郎も会釈を返し、圭一郎らにも目礼を送ると踵《きびす》を返し、赤い篝火に照らされつつ、邸内へと花嫁を誘《いざな》った。

賑やかな歓声と拍手が耳に届いた。役宅に向かう途中、屋敷の同僚やその家族らが温かく出迎えてくれた。

夜の中に、千春の花嫁姿が鮮やかに浮かび上がった。

祝言が始まった。

久右衛門と多恵が感極まった表情で見つめる中、三三九度を交わし、婚儀が滞《とどこお》りなく終わると、長い長い祝いの酒宴が始まった。

祝宴では、よほど嬉しかったのだろう、すっかり酔いの回った久右衛門が羽目を外し過ぎて、幾度となく多恵にたしなめられていた。

笙太郎と千春が祝いの席から解放されたのは、九つ（夜十二時頃）を過ぎていた。

白無垢から白の寝衣に着替えた千春が、笙太郎の待つ奥の間に入ってきた。

同じく白い寝衣を着た笙太郎は千春に向き合った。今宵《こよい》初めて千春の顔を見たような気がした。

「疲れたでしょう」

笙太郎の労《いたわ》りに、千春は小さく首を横に振った。

「千春さん、休む前に話しておきたい大事なことがあります」

笙太郎が真顔になると、それを見て千春も居住まいを正した。

「笙太郎様、もう夫婦なのですから、千春さんは、ちょっと」

「そうですね。おや、それならば、笙太郎様もおかしいですよ」

「はい、旦那《だんな》様。末永くよろしくお願い申し上げます」

千春が頭《こうべ》を垂れた。

「こちらこそ、よろしく。千春」

「旦那様、お聞かせください、大事なこととやらを」

「千春、私は真面目に話します、決して笑わず、聞いてください」

これから話そうとする話を信じてもらうためには、それ相応の覚悟が要《い》ると考えている。笙太郎は気息を調《ととの》え、神妙な面持ちで千春に語りかけた。

「私には、幽霊が見えるのです」

笙太郎は真っ直《ます》ぐに千春の眼を見て言った。

千春は笑わなかったが、わずかに目が見開かれた。

「驚くのも無理はない。そのようなことを聞けば、百人中、九十九人が、何を馬鹿なと、一笑に付すことであろう。だが、真《まこと》なのだ。私の妻である千春には信じてもらいたいのです」

千春は笙太郎を真っ直ぐに見て、静かに頷《うなず》いた。

「いつかの覗《のぞ》き男の騒動を憶えていますか。あれは仙太郎という幽霊だったのです」

「憶えております。でも、私には何も見えませんでした」

笙太郎は一つ頷いて続けた。

「それから、私には琴という、双子《ふたご》の妹がいます」

「妹……」

千春は小首を傾《かし》げた。

「琴はこの世に生を享《う》けることなく母の胎内で命を終えました。琴の魂も、あの仙太郎がそうだったように、今も何処かを彷徨《さまよ》っているのです」

千春は瞬き一つせず、見つめ返している。

「琴は一度、私と千春の前に現われています。思い出してください。茶店で千春が筆を手にして日記帖に書こうとした時のことを」

「安倍川餅、ですか」

千春はすぐに思い当たって、小さく笑った。

千春の筆が大きく滑った時、「餅が伸びましたね」と、笙太郎が千春の気持ちを和《やわ》らげたことがあった。

「あれは、琴が悪戯《いたずら》を働いたのです」

「まあ、どうしてでしょう」

「私と千春が仲良くするので、焼き餅を焼いたのでしょうか」

「それで、安倍川餅ですか」

千春は小さく笑った。

「それは偶々《たまたま》でしょうが」

笙太郎は笑って続けた。

「琴は、幽霊という呼び方を嫌がりました。言葉の響きが冷たいというのです。それで、こう、琴に提案しました。〈さきのよびと〉と呼ぼうと」

「さきのよびと……」

「〈さきのよ〉とは来世のことです。琴は来世に棲《す》む人ですから、〈さきのよびと〉」

「いいですね、さきのよびと」

笙太郎にはずっと胸の奥底に沈めているある思いがあった。今夜、思い切って千春に話そうと心に決めた。

「幽霊は、いえ、〈さきのよびと〉は現世に心残りがあるから成仏できないのだといいます。心残りがなくならない限り、魂は流離《さすら》うというのです。では、琴の心残りとは何でしょうか」

笙太郎は一度言葉を切って、続けた。

「それは、この世に生を享《う》けられなかった……そのことではないでしょうか。生を享けられなかった者が再び命を得ることなど、神仏でも叶いません。なれば、琴の魂は永遠に彷徨い、流離い続けなければならないのでしょうか」

千春が悲しげに眉をひそめた。

「それを思うと、琴が可哀想で、私のこの胸は張り裂けんばかりに痛むのです。どうすれば、琴を成仏させられるのだろうか。どうすれば……」

感極まって、言葉が詰まった。

「旦那様のお哀しみ、私にも背負わせてくださいまし」

千春の思いやりに触れて、笙太郎は思わず千春を抱き寄せた。

「ありがとう、千春」

笙太郎はそのままずっと千春を抱いていた。

どれくらいそうしていただろうか。

笙太郎の気持ちも漸《ようや》く落ち着いた。千春から静かにその身を離すと、辺りを見回す仕草をしてみせた。

「如何なされましたか」

「いえ、あの好色な仙太郎がそこらにいるような気がしたものですから」

それは、千春の気持ちを和らげてやりたいという思いからの冗談だった。

「まあ。でも、その方は成仏したのでございましょう」

千春が笑った。いくらか気持ちもほぐれたようだ。

「休みましょうか」

「はい」

笙太郎が先に布団《ふとん》に入った。

千春も行灯《あんどん》の火をそっと吹き消して、笙太郎の隣に入って来た。

笙太郎は腕を枕の下に入れ、千春を抱き寄せた。

「あっ」

衣擦《きぬず》れのする暗闇の中で、千春が小さく声を上げた。

四

夜が明けた。

「おはようございます」

筆太郎はいつもと変わらぬ口調で挨拶をしながら台所の板の間に座った。

板の間には先に久右衛門と多恵が着座していた。

久右衛門が何やら眉をひそめながら、そろっと近づいてきた。それを、多恵は見て見ぬふりを装っている。

「如何致したというのだ」

久右衛門が、ちらと目で促《うなが》した。その視線の先を辿ると、板の間の片隅に千春が俯《うつむ》いたまま座っていた。

千春は、夜明け前には起きて多恵の作る朝餉《あさげ》の手伝いをしたはずである。その千春は、時折、指で目元を拭っている。

「何もありませんよ」

「何もなくて、何故、ああしてめそめそ泣いておるのだ」

「どうぞ、旦那様」

下女のお静が飯と味噌汁《みそしる》を笙太郎の円《まる》い膳に置いた。

久右衛門はさらに顔を近づけると、耳元で囁《ささや》くようにして続けた。

「初めはうまくいかなくとも焦るな。また、叱《しか》ったりしてはならぬ」

笙太郎は体を引いた。久右衛門の息で耳がくすぐったいし、息が臭い。だいたい、男に体を擦り寄せられるのも、気色のいいものではない。

聞こうとしなくても久右衛門の言葉が耳に入ったのだろう、お静が耳たぶを真っ赤に染めて下がった。

「父上、何か勘違いなされてはおりませぬか」

「勘違いとはどういうことだ、笙太郎」

笙太郎は大きな溜め息を一つ吐《つ》くと、飯の器を手にした。

「朝飯が不味《まず》くなります、さあ、いただきましょう」

見ると、相変わらず千春は目元を拭っている。

「千春さん、こちらにおいでなさい」

多恵に促されて、千春は膳についた。

「いただきます」

笙太郎が言うと、久右衛門らも声を揃《そろ》えた。

千春は飯を口に運びながら、尚《なお》も啜《すす》り上げている。

一同は黙々と食べた。今日から叶家に千春という新たな家族が増えたというのに、何とも気まずい初日の朝餉となった。

千春が目元を濡《ぬ》らす理由《わけ》は、実は、あった。

昨夜のことである。

布団に入ると、笙太郎は千春を抱き寄せ、そっと千春の胸元に手を忍ばせた。千春が熱い吐息を吐いた。

ところがである。

婚礼の儀で緊張もし、気疲れもあったのだろう。布団に入り温もりにつつまれると、体と心がにわかにほぐれたのだろう、いつの間にやら千春が軽い寝息を立て始めた。

いつしか千春はすやすやと眠ってしまったのだ。

吐息が寝息に変わった――のである。

寝息に合わせて、形のよい胸のふくらみがゆっくりと上下していた。

そのまま熟睡した千春が、明け方、「あらっ」という小さな呟《つぶや》きを洩《も》らして床を抜け出したのだが、笙太郎は聞こえぬふりをした。

「行ってらっしゃいませ」

出仕する笙太郎を入口まで見送りに出て、千春が三つ指を突いた。

「千春、案じるより、鴨汁《かもじる》です」

笙太郎が笑いかけると、千春にやっと晴れやかな笑顔が戻った。


寛十郎の寄進により誠心寺に新たな墓が建てられた。柔らかな風合いの墓石には、信乃と琴の名が刻まれた。

建立《こんりゅう》に際しては、傷の癒《い》えた鉄心が経を唱え、供養した。

若生家断絶を覚悟していた寛十郎だったが、幕閣の寛十郎への信任厚く、家禄大幅減封の上、若生家の当主への復帰が命じられた。

呂宋堂の助三郎は作兵衛から十両の金の返還を求められず、揉《も》み手をして喜んだらしい。金の一部を誠心寺に寄進するなどと殊勝なことを口にしていたようだが、寄進したという話は今以《いまもっ》て聞かない。

また、泥棒の七郎は、二度と悪事に手を染めぬことを誠心寺の御仏の前で約束させられ、七日間、朝夕のお勤めをした。奉行所に突き出されるのを免《まぬか》れた七郎も一時は仏門に帰依《きえ》したいなどと言っていたようだが、その舌の根も乾かぬうちに浅草の矢場《やば》の女に入れ上げているとの噂《うわさ》を耳にした。

笙太郎は相変わらず、御役目が非番の折には、厚姫に日記を読み聞かせている。先日など、町を歩いてみたいと厚姫が言い出して、乳母の杉乃が慌てて制止する場面があった。

爽《さわ》やかに晴れ渡った吉日《きちじつ》。

笙太郎は千春とともに泊まりがけの旅に出た。行先は箱根の湯治場である。

千春の竹の杖には、紅白の夫婦鶴が糸で結ばれていて、杖を突くたびに軽やかに舞っている。

その夫婦鶴は、出がけに厚姫から手渡されたもので、笙太郎と千春の道中の無事を祈って厚姫が手ずから折ったのだと聞いた。

笙太郎は幼い姫君の真心がうれしかった。

此度《こたび》の事件の陰に折り鶴にまつわる哀しい話があったことなど、厚姫が知る由《よし》はない。

しかし、この紅白の折り鶴を目にすると、こんな思いに包まれるのだ。

いま、己がこうして生きてあるのは、すでにこの世を去った多くの命から慈《いつく》しみを受け、励まされ、支えられたお蔭なのだと。

琴もその恩人のひとりだ。

琴が現われなくなって久しい。

事件が落着して笙太郎の身から災《わざわ》いが遠のき、また、千春との祝言も済んで、琴は安心しているのだろうか。

笙太郎は大空を振り仰いだ。この頃、空を見ることが多くなった。

あの空の何処かに琴がいるような気がした。琴ばかりでなく、信乃も仙太郎も、若くして逝《い》った鶴も……。

「さきのよ」とは来世をいう。一方、古語では「前世」も意味した。つまり、前世も「さきのよ」であり、前世から見れば現世は「さきのよ」である。すなわち、前世も現世も来世も、等しく「さきのよ」なのであり、誰もが、「さきのよびと」と言えるのかも知れない。

人と人とは所詮、一期一会《いちごいちえ》。そして、悔い多きもまた、人生。それ故《ゆえ》に、少しでも悔いなく、心残りのない人生を送りたいものだ。感謝の心を日々忘れずに。

あの日、千春と見た大空に架かる七色の虹。それを日にした時、生きている喜びを心の底から味わった。

——今を精一杯生きる、それしかありませんね、琴。

箱根路はそろそろ色づく季節の気配が漂《ただよ》い始めていた。

一〇〇字書評

さきのよびと

切・り・取・り・線

購買動機（新聞、雑誌名を記入するか、あるいは○をつけてください）

□（　　　　）の広告を見て	
□（　　　　）の書評を見て	
□ 知人のすすめで	□ タイトルに惹かれて
□ カバーが良かったから	□ 内容が面白そうだから
□ 好きな作家だから	□ 好きな分野の本だから

・最近、最も感銘を受けた作品名をお書き下さい

・あなたのお好きな作家名をお書き下さい

・その他、ご要望がありましたらお書き下さい

住所	〒				
氏名		職業		年齢	
Eメール	※携帯には配信できません		新刊情報等のメール配信を 希望する・しない		

この本の感想を、編集部までお寄せいただけたらありがたく存じます。今後の企画の参考にさせていただきます。Eメールでも結構です。

いただいた「一〇〇字書評」は、新聞・雑誌等に紹介させていただくことがあります。その場合はお礼として特製図書カードを差し上げます。

前ページの原稿用紙に書評をお書きの上、切り取り、左記までお送り下さい。宛先の住所は不要です。

なお、ご記入いただいたお名前、ご住所等は、書評紹介の事前了解、謝礼のお届けのためだけに利用し、そのほかの目的のために利用することはありません。

〒一〇一‐八七〇一
祥伝社文庫編集長 坂口芳和
電話 〇三（三二六五）二〇八〇

祥伝社ホームページの「ブックレビュー」からも、書き込めます。
http://www.shodensha.co.jp/bookreview/

祥伝社文庫

さきのよびと　ぶらり笙太郎《しょうたろう》江戸《えど》綴《つづ》り

平成27年9月5日　初版第1刷発行

著　者　いずみ光《ひかる》
発行者　竹内和芳
発行所　祥伝社《しょうでんしゃ》
東京都千代田区神田神保町3-3
〒101-8701
電話　03（3265）2081（販売部）
電話　03（3265）2080（編集部）
電話　03（3265）3622（業務部）
http://www.shodensha.co.jp/

印刷所　秋原印刷
製本所　ナショナル製本
カバーフォーマットデザイン　中原達治

Printed in Japan ©2015, Hikaru Izumi　ISBN978-4-396-34149-7 C0193

祥伝社文庫の好評既刊

藤原緋沙子 恋椿 橋廻り同心・平七郎控①

橋上に芽生える愛、終わる命……江戸の橋を預かる橋廻り同心・平七郎と瓦版屋女主人・おこうの人情味溢れる江戸橋づくし物語。

藤原緋沙子 火の華《はな》 橋廻り同心・平七郎控②

橋上に情けあり――橋廻り同心・平七郎が、剣と人情をもって悪を裁くさまを、繊細な筆致で描く。

藤原緋沙子 雪舞い 橋廻り同心・平七郎控③

雲母《きらず》橋・千鳥《ちどり》橋・思案《しあん》橋・今戸《いまど》橋――橋廻り同心・平七郎の人情裁きが冴えわたる。

藤原緋沙子 夕立《ゆだ》ち 橋廻り同心・平七郎控④

新大橋、赤羽橋、今川橋、水車橋――悲喜こもごもの人生模様が交差する、江戸の橋を預かる平七郎の人情裁き。

藤原緋沙子 冬萌え 橋廻り同心・平七郎控⑤

泥棒捕縛に手柄の娘の秘密。高利貸しの優しい顔。渡りゆく男、佇む女――昨日と明日を結ぶ夢の橋。

藤原緋沙子 夢の浮き橋 橋廻り同心・平七郎控⑥

永代橋の崩落で両親を失い、深い傷を負ったお幸を癒《いや》した与七《よしち》に盗賊の疑いが――!! 平七郎が心を鬼にする!

祥伝社文庫の好評既刊

野口　卓
軍鶏侍《しゃもざむらい》
闘鶏の美しさに魅入られた隠居剣士が、藩の政争に巻き込まれる。流麗な筆致で武士の哀切を描く。

野口　卓
獺祭《だっさい》　軍鶏侍②
細谷正充氏、驚嘆！　侍として峻烈に生き、剣の師として弟子たちの成長に悩み、温かく見守る姿を描いた傑作。

野口　卓
飛翔　軍鶏侍③
小棚治宣氏、感嘆！　冒頭から読み心地抜群。師と弟子が互いに成長していく成長譚としての味わい深さ。

野口　卓
水を出る　軍鶏侍④
強くなれ——弟子、息子、苦悩するものに寄り添う、軍鶏侍・源太夫。源太夫の導く道は、剣のみにあらず。

野口　卓
ふたたびの園瀬　軍鶏侍⑤
軍鶏侍の一番弟子が、江戸の娘に恋をした。美しい風景のふるさとに一緒に帰ることを夢見るふたりの運命は——。

野口　卓
危機　軍鶏侍⑥
平和な里を襲う、様々な罠。園瀬藩に迫る、公儀の影。民が待ち望む、盆踊りを前に、軍鶏侍は藩を守れるのか!?

祥伝社文庫の好評既刊

風野真知雄
喧嘩旗本 勝小吉事件帖 新装版

勝海舟《かつかいしゅう》の父で、本所一の無頼・小吉が、積年の悪行で幽閉された座敷牢の中から、江戸の怪事件の謎を解く！

風野真知雄
どうせおいらは座敷牢 喧嘩旗本 勝小吉事件帖

本所一の無頼でありながら、座敷牢の中から難問奇問を解決！ 時代小説で唯一の安楽椅子探偵・勝小吉が大活躍。

風野真知雄
当たらぬが八卦 占い同心 鬼堂民斎①

易者・鬼堂民斎の正体は、南町奉行所の隠密同心。恋の悩みも悪巧《だく》みも一件落着！ を目指すのだが――。

風野真知雄
女難の相あり 占い同心 鬼堂民斎②

鬼堂民斎は愕然とした。自分の顔に女難の相が！ さらに客にもはっきりとそれを観た。女の呪いなのか――!?

風野真知雄
待ち人来たるか 占い同心 鬼堂民斎③

何千人もの顔相を観た民斎の興味を引いた男は立派な悪党面で、往来に立っていた。ある日、大店が襲われ――。

山本一力
大川わたり

「二十両をけえし終わるまでは、大川を渡るんじゃねえ……」と博徒親分と約束した銀次。ところが……。

祥伝社文庫の好評既刊

山本一力
深川駕籠

駕籠《かご》舁《か》き・新太郎は飛脚《ひきゃく》、鳶《とび》といった三人の男と深川↔高輪往復の速さを競うことに――道中には色々な難関が……。

山本一力
深川駕籠
お神酒《みき》徳利

尚平のもとに、想い人・おゆきをさらったとの手紙が届く。堅気《かたぎ》の仕業ではないと考えた新太郎は……。

山本一力
深川駕籠
花明かり

新太郎が尽力した、余命わずかな老女のための桜見物が、心無い横槍で一転、十両を賭けた早駕籠勝負に！

鈴木英治
闇の陣羽織
惚れられ官兵衛謎斬り帖①

同心・沢宮官兵衛《さわみやかんべえ》と中間《ちゅうげん》の福之助《ふくのすけ》。二人はある陣羽織に関する奇妙な伝承を耳にして……。

鈴木英治
野望と忍びと刀
惚れられ官兵衛謎斬り帖②

戦国の世から伝わる刀を巡って続く執拗な襲撃。剣客・神来大蔵《じんきだいぞう》とともに、官兵衛たちの怒りの捜査行が始まった。

鈴木英治
非道の五人衆
惚れられ官兵衛謎斬り帖③

味噌問屋「的場屋《まとば》」内儀《おかみ》から、亭主に殺されると相談された官兵衛と福之助。二人が神来大蔵を訪ねると、そこには怪しい巨漢が！

祥伝社文庫　今月の新刊